誰かのための物語

涼木玄樹

イラスト／みっ君
装丁／ナルティス（栗村佳苗）

――ね、日比野《ひびの》くん。突然だけど……絵本の絵を描いてみない？

相変わらず綺麗な彼女の瞳が、まっすぐ僕の目に向けられている。

――え？　絵本の絵を……僕が？

唐突なその言葉に、僕はただ呆気《あっけ》にとられて彼女を見た。

――うん。絶対に合うよ、日比野くんの絵。絵本に――

第一章 イルカ

1

四月の初め、妙にリアルな夢を見た。

僕は教室の中にいた。クラスメイトらしき人たちはざわつき、落ち着かない様子だ。ロッカーの中にランドセルがあったから、小学校だろう。

それは、クラスに転校生がやってきたという夢だった。

彼女は細身で、頬を赤らめていた。緊張している様子だったけど、口元には微笑みを浮かべていて、やわらかい雰囲気の女の子だった。

彼女とは初対面のはずだけど、僕はなぜだか懐かしさを感じていた。綺麗な瞳の輝きに、見覚えがあった。

教室前面に【卒業まであと何日】という掲示物があったことから、その夢で僕は小学六年生なのだと理解した。黒板には【進級おめでとう】と書いてある。おそらく一年の始まりの日なのだろう。

春の優しい風が教室の窓から入ってきた。その風にのって、桜の花びらが一枚飛んでくる。

転校生の女の子は、僕の左隣の席に座った。左側二列目の、一番後ろ。

よろしくね、でもなんでもいいから声をかけて緊張をほぐしてあげろよ、なんて夢を見ている僕は思ったが、夢の中の僕はただ、ノートの隅に絵を描いていたのだった。

＊＊＊

静かな目覚めだった。窓からは温かみのある日の光が差し込んでいる。

僕は天井を見つめたまま、夢で見ていた光景を思い返していた。教室の様子や、転校生の女の子の姿。これほどはっきりと思い出せることはめずらしい。

僕には、小学生の頃の記憶がまったくない。両親と旅行に出かけたときに事故に遭い、両親と、一部の記憶を失った。それから僕は、祖父とふたりで暮らしている。

だから、夢の中の出来事が本当にあったことなのかは確かめようがない。しかし、転校生に声をかけられず絵を描いているのは僕そっくりだったし、一度体験した出来事なのだという感覚もあった。だから僕は、この夢が本当にあったことを再生したものなのだと信じていた。

別に、一部の記憶がないからといって不便なことはなにもない。ただ、ぽっかりと記憶が抜け落ちている感覚は、気持ちが悪い。

例えば最近、自分の部屋の中から難解《なんかい》そうな分厚い医学書が出てきたときには、とても驚いた。なんでこんなもの持ってるのだろうと思った。

そして、時々どうしようもなく不安になることがある。

自分の失った記憶の中に、大切なことがあるんじゃないかと。例えばそれが僕にとってとても大切な人についてだったら……とか、誰かと交わした約束があったらどうしよう……とか。

考えすぎだと言われそうだけど、その可能性がゼロではない限り、僕はその不安を消せずにいる。

そんなときに記憶のない頃の自分が夢に出てきたら、実際にあったことだと思うし、自分のことを思い出せたような気になってしまう。

一通り考えを巡らせた僕は、起き上がって窓を開けた。見上げると、吸い込まれそうになるほど澄んだ青空が広がっていた。

――あの転校生と僕は、なにか関わりがあったのだろうか。

あの夢が本当に僕が体験した出来事なら、彼女は今、どこでなにをしているのだろうか。同じように青空を見上げていたりするのだろうか。また、夢の続きが見られるといい、と僕は思う。

春の空気を胸いっぱいに吸い込み、ふう、と吐き出した。時計を見ると、まだ目覚ましが鳴る三十分も前だった。

普段は寝起きが悪いくせに、昔から特別な日には自然と目が覚める。今日は、一学期の始業式だ。高校生活最後の一年が、始まろうとしていた。

その日、転入生が来ると担任が言ったとき、僕はあるひとつの予感を働かせていた。新学期は名前順に席が決まる。僕の姓は『日比野』だから名簿では後半だ。僕の席は、左側二列目の一番後ろだった。その左隣が空いている。ということは、転入生は僕の隣に座ることになるだろう。

僕は緊張していた。転入生が隣の席になるかもしれない。僕はいわゆる『コミュ障』というやつで、特に初対面の人と自然に会話をしたりするのは苦手なのだ。

転入生は、眼鏡をかけた細身の女の子だった。緊張しているのか、頬が少し紅潮《こうちょう》している。黒板の前に立ち、彼女はクラスを見回した。

彼女がこちらを向いたとき、眼鏡の奥に見えた瞳に、僕は吸い込まれそうになった。勘違いかもしれないけど、目が合ったと思う。そのとき彼女は、濁《にご》りのない澄《す》んだ瞳をわずかに大きくしていた。その輝きは、優しくて、綺麗だった。

彼女とは距離があったし、それは一瞬の出来事だったけれど、この光景は僕の目に焼き付いた。

また真正面を向き、彼女はゆっくりと口を開いた。なんだか自分の知っている人のような気がして、僕はその名前が聞ける時を待った。

彼女の名前は、『森下華乃《もりしたかの》』。僕は記憶のデータベースでその名を検索したけれど、残念ながらヒットしない。しかし、名前のやわらかい響きが彼女にはとても似合うと思った。

そして予感は的中し、彼女は僕の隣の席となった。まるで彼女のために用意されていた席だと思えるほど、彼女はそこにすっと収まる。初めてこの教室に入ったはずなのに、彼女はなんの違和感《いわかん》もなく僕の隣に存在していた。

隣である僕は「よろしく」でもなんでも、声をかけて緊張をほぐしてあげるべきだったのだろうけれど、結局、お互い黙ってただ小さく会釈《えしゃく》をしただけだった。まるで今日見た夢と同じだ。

つくづく情けない自分が嫌になる。このタイミングを逃してしまったら、今後話をすることはとても難しくなるというのに。

目が合ったと思ったときから、ずっと気になっていた。彼女と僕は初対面ではないのだろうか？　失った記憶の中で会っているのだとしたら、どれだけの関わりがあったのだろうか。それとも、ただの勘違いなのか。

知りたいことはいろいろある。でも、なんだか簡単には知ることができないような気がして、僕は正面を向きながら小さくため息をついた。

「あの……それ、やろうか?」

唐突に、控えめな声が左から聞こえ、僕は驚いた。

それは新学期が始まってから二週間ほどたったある日、彼女が僕に向けて初めて発した言葉だった。

「え……! あ、いや、大丈夫! ……です」

恐る恐る声をかけてきた様子から、勇気を出して言ってくれたことがわかる。にもかかわらず、そんな彼女の親切な申し出を、僕は驚きのあまり断ってしまった。

森下さんが「やろうか」と言ってくれているのは、模試の申込み用紙を切り取る作業のことだ。僕は部活中に右手親指の付け根を骨折してギプスをはめている状態だったので、心配して声をかけてくれたのだ。

なにが大丈夫だ。断ってしまってから、僕は心の中で自分にそうツッコみを入れた。利き手が使えない状態で用紙を切り離そうと苦心している様子は、さぞ滑稽《こっけい》に見えただろう。

けれど、普段の僕にとって、周りからどう見られるかというのは大した問題ではない。それなのになぜか、断ってしまったあとの彼女の反応が気になってしまった。

隣の席で二週間を過ごす中で、彼女が自分から前に出ていくタイプではないということはわかっていた。授業中に必死にノートを取ったり、教室に落ちているゴミをさりげなく拾ったりしている姿を何度も目にしていた。

だからこそ思う。彼女は今、本当に困っている僕を見て勇気を出して声をかけたのだ。彼女の遠慮がちにうかがうような声色からそのことは容易《ようい》に察することができる。

そんな申し出を断ってしまったことを、僕は申し訳なく思った。素直に甘えるべきだったと後悔しても、もう取り返しはつかない。

僕は、彼女に顔を向けられずに、できるだけ手早く、少しだけ痛みを我慢しながら右手で紙を押さえ、左手で切り取った。

──親切に声をかけてくれてありがとう。

頭の中で、そう言えと強い口調で命令する自分がいる。

しかし、また別の自分によってその命令は退《しりぞ》けられることになった。

──会話もしたことないのに、いきなりそんな言葉を口にするのは恥ずかしい。

そんなことを考えて、僕はやっぱり彼女の顔を見ることができないままだった。

その日の部活で、僕はグラウンドの隅のスペースで新入部員の練習を見ていた。右手の怪我のため、二、三年生の練習には参加できないのだ。

僕が所属するサッカー部はレギュラーがAチーム、そのほかはBチームという扱いだった。万年補欠の僕は、Aチームでの練習なんて、怪我をしていなくてもそもそもできないのだけど。

中学生のときは美術部で絵を描くばかりだった僕は、運動音痴《うんどうおんち》で足も遅い。ただ、長く走り続けることだけは得意で、色々な部活からメンバーを集めて編成する駅伝のメンバーに選出されていた。

しかし、それだけでレギュラーになれるほど高校の部活は甘くない。そもそも高校からサッカーを始めた人はほんの数人しかいないし、その中でも文化部出身は僕だけだった。


僕がこの怪我を負ったのは、春休み中に行われた練習試合でのことだ。そのとき僕は交代とはいえ試合に出られたことが嬉しくて、舞い上がっていたのかもしれない。

自チームのチャンスの場面でドリブルをする仲間がスライディングタックルを受けそうになったときだった。僕はとっさに、仲間と相手との間に身体を割り入れた。当然、相手選手とぶつかり、僕は前方にものすごい勢いで倒れ込んだ。そのときに右手をつき、骨折してしまったのだ。

健闘むなしく、結局そのあとのゴールはなかった。しかも、あとから考えてみれば、僕の妨害《ぼうがい》がなければファールをもらうことができたかもしれないのだ。そうすれば、

ＰＫで点を入れられたかもしれない。そのときに限らず、僕のプレーの選択は的外れであることが多かった。はなからセンスがないのだろう。

「次は、五人でチームを作ってミニゲームをするよ」

僕がパス練習をする一年生に向けてそう言うと、はい！と一年生は返事をして素早く移動する。入部して一週間足らずだけど、彼らはやる気に満ちていた。

その姿に、二年前の自分を重ねる。春の大会で先輩たちが強豪《きょうごう》チームに対しても臆《おく》せずに最後まで全力で立ち向かう姿に感銘《かんめい》を受け、その姿に少しでも近づきたくて練習に励んだものだった。

「よし、もう一本いくぞぉ！」

グラウンド中央から二、三年生が練習する声が聞こえる。彼らは、激しく競り合いながら攻守に分かれて練習をしていた。グラウンドの隅にぽつんと立ち一年生の練習を見ている僕にとって、その声は実際よりも遠くに聞こえる。

昨年の秋に行われた全国大会の予選で、僕らのチームは準優勝だった。もう十年以上、同じ高校が優勝し続けている。「今年こそは」と、みんな同じ思いを抱いて練習していた。

ぼんやりと、練習している部員を眺める。

ひとつのボールを奪い合い、十一人の力を結集して相手ゴールに届ける。それだけ言うとサッカーは単純なスポーツだ。でも、単純な僕らはこのスポーツに熱中していた。早く、あそこに戻りたい。

「用意できました！」

勢いのある一年生の声で、僕は我に返った。

「よし、じゃあ始めるよ」

一年生の指導だって、チームのための大事な仕事だ。そう自分に言い聞かせて、僕はそれに集中する。


片づけをしていると、同じクラスでチームメイトの相良翔太《しょうた》が話しかけてきた。あたりはもう暗い。サッカー部は、学校の中でも練習が終わるのが一番遅いのだ。

「日比野」

「やあ、相良《さがら》」

相良は、高校生になって初めてできた友達だ。百七十センチの僕より頭ひとつ大きく、さらさらな黒髪に小麦色に焼けた肌をしている。足は速いし、サッカーのセンスもよく、爽やかなやつだ。

僕にはないものをたくさん持っているのに、仲間思いでちっとも嫌味な感じがしない。僕はそんな彼のことを、信頼し尊敬していた。

「今日も激しくやってたね」

僕がそう言うと、相良はタオルで汗を拭きながら言う。

「ああ、だいぶね。日比野はどう？　手の調子」

そう言われて右手に視線を落とす。真っ白な蚕《かいこ》みたいなものが、相変わらず巻き付いている。

「ホントごめんな、俺のせいでこんなことになってさ」

相良は申し訳なさそうにそう言った。

「いや、あれは僕が勝手に自滅《じめつ》しただけだから！　むしろ相良の邪魔しちゃったというか……」

そう、僕が助けようとした仲間の選手というのは相良のことだ。大切な仲間を助けようととっさにしてしまったことだけど、冷静になって考えれば、彼なら相手をスラリとかわして前進することも可能だっただろう。

「そんなことねぇよ。むしろサンキューな。あぶね！って思ったときに日比野がフォローに来てくれたの、嬉しかったよ」

相良がそう言って照れくさそうに笑うから、僕もつられて笑顔になる。僕は、相良に手を見せて、大丈夫と言った。

「痛みは、もうほとんどないよ」

相良は胸を撫で下ろして、よかった、と言った。……が、僕の心は晴れない。

「早く二、三年の練習に参加したいよ」

「そうだろうね。でも休憩中に見たけど、一年生だいぶうまくなってるって思ったよ。日比野、教え方うまいんだな」

相良は、爽やかに笑いながらそう言った。ほかの人が言うと嫌味に感じるのだろうけど、彼からはそういったものはまったく感じられない。

「一年生のやる気がすごいんだよ」

僕の目は自然と相良のユニフォームを見ていた。土埃をかぶって全身が汚れた姿。それが、練習の激しさを物語っていた。対照的に自分の服はほとんど汚れがない。

相良は、二年生のときからAチームのスタメンだ。対して僕はBチーム。去年三年生が引退してからも、試合にスタメンで出たことはない。最後となる今年は、やっぱりスタメンで出たい。そんな思いで必死にやっていた中での怪我だったから、ショックが大きかった。

「あー、早く、日比野のタックルを受けたいわ」

「……あれかな。相良はマゾなの？」

「違う違う。今、Aチームの練習相手ってほぼ二年生じゃん。まだ未熟だから、あんまり練習にならないいんだよね。簡単に避けられるっていうか。それにひきかえ日比野は強烈だから、試合の感覚にすごく近くなるんだよ」

そう言うと、相良は給水のボトルを僕に手渡した。

誰にでも、プレーによって得意不得意がある。僕の場合は、相手からボールを奪うためのスライディングタックルだけは得意だった。逆に言えば、そのほかのドリブルやパスなどは苦手。シュートに至っては練習以外で放った例もない。

僕はそんな自分を選手として未熟だと思っていたけれど、相良にひとつでも一目置かれていることは素直に嬉しかった。

僕は相良からもらった水を一口飲む。自分も激しく練習に参加していた頃とは、違う味がする。喉に染み渡る感覚がなく、美味しく感じない。

「そういうことなら、早く治さないとね。復帰したら相良んところに一番にタックルにいくから」

「そう言われるとこわいわ！」

そんな冗談めいたやり取りをしながら、怪我をしていなかったら、今頃僕のユニフォームも土だらけになっていたんだろうと、ぼんやり思う。今僕が着ているそれは、まるで新品だった。

「じゃ、また明日な」

いつも僕と相良は、部活が終わると途中まで一緒に帰る。

手を振る相良に、僕はまた明日と言って、古い町家が立ち並ぶ通りに入っていった。その奥に、じいちゃんと暮らす家がある。

一度振り返ると、暗闇の中に相良の後ろ姿が見えた。

——遠くから見ても、大きな背中だ。

相良は今、施設で生活している。小六のときに両親が離婚し母親とふたりで暮らすようになったが、その母親も中学生になった彼を置いて出ていってしまったらしい。

彼と仲よくなったのは、似た者同士だったからというのもあるかもしれない。両親がいないとは言っても意味合いは違うけど、似た状況に置かれているふたりだからこそ話せることもある。

彼は、自分を見捨てた家族を悪く言うことはなく、そういった話も明るく語った。

高三になった相良は、施設の年長者としてほかの子どもたちのお兄さん的な存在になっている。基本的に面倒見がいいのだ。

そんな彼は僕の話も親身になって聞いてくれて、記憶が戻るといいな、とも言ってくれた。相良の背中が大きく見えるのは、単に身体がでかいからだけではない、と僕は思う。

向き直ると、オレンジ色の街灯に照らされた馴染《なじ》みのある静かな風景が迎えてくれていた。古くから残る町家が立ち並ぶ、歴史ある街。家々の背は低く、黒や焦げ茶など、落ち着いた色をしている。夜でも木の温もりを感じることのできる町家が、僕は好きだった。通り沿いに並ぶ桜の木は満開を迎え、街灯に照らされながら、花びらがひらひらと舞い落ちる。

毎日歩いていても見飽きることのない、そんな風景の中を僕は進んだ。じいちゃんとこの町で暮らし始めてもう六年になる。

じいちゃんは長年、この町家通りの奥で小さな古本屋を営んでいる。二階が自宅になっていて、両親を亡くした僕はそこに引き取られることになった。

「ただいま」

ガラガラと音の鳴る引き戸を開けると、そこはもう本の世界だ。天井まで高さのある本棚が左右に続く。白熱灯の優しい光に照らされた本たちは、自分が手に取られるときを、息をひそめて待っている。

「おかえり、立樹《たつき》」

目の前にも立ち並ぶ本棚の奥から、じいちゃんの低い声がした。僕が本棚の間の狭いスペースを進むと、大きな木のテーブルに向かって本を読んでいたじいちゃんが、老眼鏡《ろうがんきょう》を持ち上げて僕に視線を向けた。

目尻のしわをいっそう際立たせて「おかえり」と言って迎えてくれるじいちゃんを

見るたびに、僕はなんだか安心していた。

「じいちゃん、今日はなに読んでるの」

「今日はね、本棚の本だ。作家や珈琲《コーヒー》屋の主人、学芸員など、いろんな人の本棚を取材してまとめた本なんだ」

じいちゃんは目尻を下げながらそう言うと、片手で本のページを見せてくれた。

「へえ、おもしろそうだね」

「おもしろいとも。本棚にはその人の価値観や人生そのものが反映されるからな」

読み終わったら僕にも貸して。そう言ってから、これまたギシギシと音の鳴る階段をのぼって自分の部屋へ上がった。紐を手で探り当て、カチ、と電気をつける。

四畳ほどの狭い部屋だけど、逆にそこが気に入っている。物といえば、木のローテーブルと本棚、画材セットがひとまとまりになっているだけ。あとは押し入れに布団、そして記憶のない頃の所有物が詰め込まれている。

部屋着に着替えて、また電気を消して出窓に腰をかけた。暗くなった部屋に、外から街灯の灯りが差し込む。窓を開けると、ゆっくりとした風とともに桜の花びらがちょうど一枚入ってきた。キャッチしようとしたが、利き手ではない左手ではうまくつかめなかった。

空をつかんだ左手を見て、僕は今日の昼間の出来事を思い出し、彼女の名前を心の中でつぶやいた。

――もりした、かの。

今日、声をかけられたあの瞬間、彼女と目が合ったと感じた。ベージュ色の眼鏡の奥にある瞳は驚くほど澄んでいて、やわらかく優しい光を放っていた。

声をかけられたあとすぐに斜め下を向いた僕には、その後の彼女の様子はわからないけれど、申し訳なさそうにする彼女の表情は想像できた。

素直に、お願いすればよかったのに。

全力で試合に臨んだ結果だからと、怪我をしたあの日はやり直したいとは思わなかったけれど、このときは、それを強く願う自分がいた。

2

声をかけられた日から、僕は彼女の存在を意識するようになった。けれど彼女のほうはそれまでと変わらず、僕があんな態度をとってしまったこともあまり気にしていないようだった。

今回のことで、彼女は積極的に人に話しかけたりはしないけど、困っている人を無視したりはしない人だということがわかった。

それは、見返りを求めない優しさだと思う。声色から緊張していることが伝わってきたけれど、親切にすること自体は彼女にとって自然な行動なのだろう。

彼女は僕のことをプラスにもマイナスにも捉えていないように思えた。そんな森下さんの隣は、なぜだか居心地がよかった。

改めて意識して彼女を見ると、気がついたことがいくつかある。

まず、髪の毛。やわらかくふわふわとしたくせっ毛は、茶色っぽい。セミロングのそれは肩に当たって外側にはねていた。

次に眼鏡。丸っこい形をしたブラウンのメタルフレームで、線が細い感じが彼女によく似合っていた。

そして背丈。平均よりも低いんだと気付いた。座っている僕の横を彼女が横切ったとき、反射的に顔を上げた。すると、目の高さにあったのは、彼女の後頭部だった。最後に、笑った顔。彼女は、いつでもほんのりと赤く染まった頬を持ち上げ、目を細めながら「ふふっ」と小さく笑う。幼い子どもが、サンタクロースからのプレゼントだとか遊園地に行くことを楽しみにしながら笑っているような、幼さを残しながらも温かみのある笑い方だと思った。

気が付いたといっても大したものじゃない。きっとほかの誰でも気が付くことだろう。でも、僕にとってこんな風に女の子を意識するのは初めてだった。

そんないくつかのことに気付いたあとでも、僕たちの間に特に会話はない。ただあのとき彼女の厚意《こうい》を断ってしまったことを謝り、そしてありがとうと言いたい気持ちを抱えながら僕は過ごしていた。

五月に入って間もないある日の休み時間。

彼女にごめんなさいとありがとうを伝えられるチャンスがきた。彼女が、僕の席の近くに、筆箱を落としたのだ。

このとき、僕の頭は想像以上のスピードで回転し、心臓の鼓動《こどう》が勢いを強めた。

――これを拾って、渡して、そしてもしお礼を言われたら、「こちらこそこの前はありがとう」と言おう。できることなら、謝ろう。

作戦はよかったけど、焦ったのがいけなかったんだろう。

ゴン——。

僕らは、筆箱を同時に拾おうとして、頭をぶつけてしまった。

「いたっ」

声を上げたのは彼女だ。きっと、周りからも間抜けな光景に見えただろう。

またやってしまった。僕はいつもこうやって空回りをする。

すると、彼女が先に、言葉を発した。

「ごめん、大丈夫?」

「うん、大丈夫。こっちこそごめん」

あまり痛くはないけれど、反射的に左手で頭をおさえながら返すと、彼女の目はまっすぐこちらを見ていた。痛かったのか、少し潤んでいるようにも見える。その様子に僕の心臓はさらにその拍動を強めた。

僕は自分に「落ち着け」と言い聞かせ、今度は彼女が動かないことを確認してから筆箱を拾って彼女に渡した。

彼女は僕の目を見ながら小さく会釈をし、

「ありがとう」

と言った。ゆっくりとした口調だった。「この次が肝心だぞ！　言え！」と頭の中の僕が命令する。今度は、素直に従うことができた。

「こ、こちらこそありがとう」

予定していた「この前は」という言葉をつけ忘れてしまい、彼女はなにに対してお礼を言われてるのかわからないじゃないかと僕は焦る。突拍子もない発言だったろう。でも、彼女は、僕の言いたいことを察してくれた。そして、申し訳なさそうに言う。

「ごめんね、この前はおせっかいをやいて。その……それだと、大変だと思って。でも、そんなことなかったね」

やっぱり、彼女は勇気を出して僕に声をかけたんだ。そして僕はその厚意を受け止めずに、彼女におせっかいだったと思わせてしまった。彼女は、謝る必要なんてないのに。悪いのは僕のほうだ。

「ごめんはこっちだよ。せっかく言ってくれたのに、断っちゃって」

僕は慌ててそう返す。やっと、謝ることができた。

「右手、大丈夫？」

「あ、これ……うん。もう少しでくっつくんだ。痛みもほとんどないよ」

早く治るといいね、と彼女は優しい笑顔で返す。

なにか手伝えることがあったら言ってね、とは言わなかった。言わなかったけれど、これから僕が困っているときがあったら彼女は助けてくれようとするだろうということはわかった。

押しつけがましくないし、人の気持ちもしっかりと考えてくれる。やっぱり、彼女の隣は居心地がいいと思った。


そんなことがあってから、僕らはなんとなく朝会ったときに挨拶を交わすようになった。「じゃあね」とか「また明日」を言うほどではないけれど。

そして、なにか作業をするとき、僕は森下さんに「ごめん、お願いしてもいいかな?」と聞き、彼女は「うん」とだけ返して快くやってくれた。

それから、美術の時間。果物のデッサンを描く授業だったのだけど、そのときは控えめながら隣から彼女の視線を感じた。僕が慣れない左手で描いていたものだから、気になったのだろう。

けれど授業が終わってから森下さんは、「利き手じゃないのにすごく上手だね」と、そんなひとことをくれた。

時間をかけて一生懸命描いたものの、出来栄えは最悪だと思っていたので、唐突な褒め言葉に驚いた。頬が熱くなるのを感じながら、僕は小さな声で「ありがとう」と返した。

それ以外は、今までどおり。必要以上に関わりを持たないところから考えると、彼女は前と変わらず、僕のことをプラスにもマイナスにも捉えていないようだった。

しかし困ったことに、僕のほうは彼女に関心を持たざるを得なくなっていた。隣にいて、妙に落ち着く雰囲気。見返りを求めない優しさ。控えめな態度。

ほかのクラスメイトと接している姿を見ていると、彼女は微笑みを浮かべ、友達の話を「うんうん」と頷きながら目を見て聞いていた。相手をないがしろにせず、心を向けている態度に好感を抱いていた。

彼女の心は、その瞳と同じように、綺麗だと僕は思う。

どんな環境がこんな心の持ち主を育てたのだろうかと、少し興味が湧いていた。

3

だんだん気温も上がってきた。今日は、日曜日。待ちに待った瞬間がやってきた。

「もう骨はくっついてるから大丈夫だけど、動かしたりするのにはまだ痛みを伴《ともな》うだろうね。ボールを持ったり投げたりっていうのは、様子を見ながらにしてね」

整形外科《せいけいげか》の先生は、涼しい顔で僕の右手に刺さっていたワイヤーを抜きながら言った。するすると僕の手から銀色の長い棒が顔を出していく。意外にも痛くはない。

「わかりました。ありがとうございました」

先生にお礼を言って、診察室を出る。そして、両手でガッツポーズを作った。

ギプスが外れた。これでようやく、練習にも参加できる。右手でご飯が食べられる。着替えの時間が早くなる。お風呂に全身浸かることができる。右手で字や絵が書ける。

利き腕を怪我したことによる不便さは想像以上で、ストレスが募っていた。その分、今日ギプスが外れたときの喜びや解放感は大きなものだった。

先生はボールを持ったり投げたりすることを控えたほうがいいと言っていたけれど、サッカーで手を使うときと言えばスローインのときくらいなので、骨がくっついているなら多少痛くても問題はないだろう。

右手でグーとパーを交互に作って手の感覚を確かめる。すると少しだけ痛みを感じたが、僕はやる気満々だった。

病院からの帰り道、公園の前を通りかかると、見知った顔を見つけた。あちらも僕に気付き、手を振る。

「たつき兄ちゃん！」

「やあ、かおるくん」

かおるくんは近所の子で、今は確か五歳だったはずだ。お母さんのゆいこさんと一緒によくこの公園に遊びに来ていた。初めて会ったのは、僕が高二になったばかりのときだったから、もう一年の付き合いになる。

手を振り返し、公園の中へと入った。

かおるくんは、今日もしゃがみ込んでコンクリートのキャンバスにチョークで絵を描いていた。ゆいこさんは、近くのベンチに座ってその様子を見守っている。

こんにちは、と彼女に会釈をしてから、僕は陽だまりの中にいるかおるくんのそばにしゃがみ込んだ。日差しが暖かい。かおるくんのさらさらとした髪は光を反射して輝いていた。

「なに、描いてるの」

「イルカ。ここぜんぶ、海なの。いま、たつき兄ちゃん海の中だよ」

「そっかぁ」

ここ、とはこのキャンバスのことだ。この公園の中央にある三メートル四方ほどのコンクリートは、水で落とせるチョークに限り絵を描いてもいいことになっていた。

かおるくんと僕はよく、ここに絵を描いて遊んでいた。海、空、森……と、描くものはかおるくんが決める。今日は海だ。メインとなる絵はかおるくんが描き、僕は背景を担当した。空の絵のときは白鳥を、森の絵のときは兎《うさぎ》を描いた。

初めて会ったときも、僕がランニングをして通りかかったところに声をかけられ、促されるままに絵を描いた。そうやっているうちに、僕らは仲よくなったのだ。

「じゃあ、お兄ちゃんは、あわをかいて」

「わかった、泡ね。何こくらい描こうか?」

「いっぱい!」

子どもらしくかわいい返答に思わず僕は笑ってしまった。「よし、いっぱいだね」と言って水色のチョークを手に取り、かおるくんが大きく描いているイルカの周りに泡を描き始める。

描いているとき、僕らは決まって無言だった。かおるくんとしゃべるのが嫌なわけではなく、ただ、絵を描いているときには会話する必要がなかっただけ。

ふと、視界の右側に影が落ちたのを認め、顔を上げると、ゆいこさんが優しい笑みを浮かべて立っていた。

「立樹くん、右手よくなったんだね」

「はい。さっきギプスが取れたばかりで。早く絵を描きたいなって思ってたところなんです」

この前、手がまだ治ってないときにふたりに会い、せっかくの機会だったのに一緒に絵が描けなかった。かおるくんは寂しそうに「たつき兄ちゃんはやく手なおってね」と言った。

「タイミングよかったね。この子も、早く立樹くんとお絵描きしたいなって言ってたの。いつもありがとね」

ゆいこさんは、温かい眼差しをかおるくんに向けながら言った。

「こちらこそ。僕も、かおるくんと一緒に絵を描くの好きです」

その言葉に安心した様子で、ゆいこさんは「用事があるからあとで迎えに来るね」と言って僕にかおるくんを預け、公園をあとにした。

それから僕とかおるくんは、夢中で絵を描き続けた。泡を描き終えると、僕は背景も描いていった。どんどん、キャンバスが色鮮やかに染まっていく。不格好ながらも、のびのびとしたイルカが泳いでいた。

自分の身体が日差しで温まっていくのと同時に、心も温まっていくのを感じた。やっと絵を描けていること、かおるくんと一緒に絵を描くことを通して、心を通わせられることが嬉しかった。


もうすぐ、絵が出来上がるというときだった。また、視界の右側に影が落ちた。

ゆいこさんが帰ってきたのだと思い顔を上げた僕には、二つの驚きが待っていた。

「こんにちは……日比野くん」

「かのちゃん！」

ひとつは、そこに立っていたのがゆいこさんではなく森下さんだったということ。

そしてもうひとつは、かおるくんが彼女の下の名前を呼んだことだった。

「かおるくん、久しぶり」

森下さんはかおるくんの前でしゃがみ込み、その細い指でかおるくんの頭を撫でた。

かおるくんは、くしゃっとした満面の笑みを浮かべている。

森下さんは立ち上がると僕に向き直った。

「日比野くん、かおるくんと知り合いだったんだね」

彼女は優しい笑顔で言う。その顔がなんだか、誰かに似ていると思った。

「うん。こうやって一緒に絵を描くくらいの仲だけど。それにしても驚いたよ。森下さん、このあたりに住んでるの？」

「うん、そうなの」

「初めて知った」

絵を描き終えたかおるくんは、砂場で遊んでいる。そんなかおるくんを見ながら、僕たちはベンチに座って話をすることにした。いつも隣に座っているとはいえそこまで親しい関係でもないから、少し距離を置いて座る。

彼女の私服姿を見るのは初めてだった。白色のワンピースに、うすピンクのカーディガンを羽織《はお》っている。改めて見ると、彼女は細いな、と思った。強い風が吹いたら飛ばされてしまいそうな華奢《きゃしゃ》な身体つきだった。それに、顔にも幼さが残るので制服を着ていないと中学生くらいに見える。

彼女が近所に住んでいることを今まで知らなかったのは、僕の通学時間が極端《きょくたん》に早いせいだと思う。僕はいつも早い電車に乗り、部活の朝練に参加しているから学校に着くまで誰とも会わないのだ。

「かおるくんはね、私の甥《おい》っ子なの」

「え、じゃあゆいこさんは……」

「私のお姉ちゃん」

「そうだったのか……世間って、狭いんだな。驚いたよ」

僕はかおるくんが四歳のときからふたりを知っている。

驚く反面、納得もしていた。ゆいこさんも、かおるくんも、そして彼女も、綺麗な眼をしているからだ。纏《まと》っている優しい雰囲気も、すごく似ている。さっき、彼女の笑った表情が似ていると思ったのは、ゆいこさんのことだったのだと気付く。

「日比野くん、すごく絵が上手なんだね」

森下さんは僕とかおるくんが描いた絵をまっすぐ見ながら笑顔で言った。

学校ではこんなに話したことはないから、少し緊張する。普段目にすることのない彼女の白く細い手足が人形のようだと思った。

「僕はこのとおり、これぐらいしか取り柄がないんだ」

急な言葉に恥ずかしくなり、僕は笑いながらそう言った。

「そ、そんなことはないよ！」

森下さんはとっさにこちらを向き、否定した。そしてすぐに顔を赤くして、「ごめん知ったようなこと言って」と、小さく謝る。

「……でも、絵が得意なのって羨ましい。私下手だから」

「そんなの、大したことないよ。僕は、勉強が苦手だし、サッカーやってるけどパスとかドリブル苦手だし、走るのは遅いし……あと、大事な時期なのに怪我しちゃうし」

不得意なことなんて、いくらでもある。でも、それを相良以外の人に言うのは初めてのことだった。なぜだか、森下さんには言ってもいいと思ったのだ。

「でも日比野くんは、苦手なことを補うくらいの努力をしてると思う。授業だって一生懸命受けてるし、休み時間には復習もしてる。部活にも一生懸命なの、伝わってくるよ」

いつもはゆっくりと話す彼女が少し早口でそう言った。そんな風に言ってくれるのは意外だったけれど、それが偽《いつわ》りの言葉ではないことはわかる。褒められることに慣れていないから少し戸惑ったけど、素直に受け止めることにした。

「ありがとう」

「あと、日比野くんの絵、もちろん上手なんだけど、それ以前に私はすごく好きだよ。なんて言うか、すごく綺麗で、幻想的。優しく語りかけてくるみたいな絵」

彼女の『好き』という言葉に反応してしまう。絵のことだとは言え、妙に照れくさい。いつもの彼女だったら、そこまで思っていたとしても、口には出さないと思う。

僕はそんなことを不思議に思った。

「あ、ありがとう……」

「それにさ、なんだか絵本の世界みたいだよ、日比野くんの絵。私、小さい頃から絵本をたくさん読んでるんだけど、そのどれよりも好きだな」

「森下さんは、絵本が好きなんだね」

今日の彼女は学校にいるときと違ってよく話す。もっと話してみたいと思っていた僕はとても嬉しく思うけれど、同時に緊張もしてしまう。僕は少し口ごもりながら答えた。

うん、好きなんだ。彼女はそう言うと、こちらに身体を向けた。そして、僕が予想もしなかった言葉を口にする。

「ね、日比野くん。突然だけど……絵本の絵を描いてみない？」

相変わらず綺麗な瞳は、まっすぐ僕の目に向けられている。

「……え？　絵本の絵を……僕が？」

唐突なその言葉に、僕はただ呆気《あっけ》にとられて彼女を見た。

「うん。絶対に合うよ、日比野くんの絵。絵本に」

だんだん興奮《こうふん》気味になりながら彼女は話す。心なしか先ほどよりも距離が近い。突然のことに、僕の頭は混乱していた。

その日の夜。僕はベッドに寝そべりながら、公園での出来事を思い返していた。

森下さんの夢。それは、絵本作家になること。しかし、いくら練習しても絵が上達しないことが悩みらしい。そして、彼女が言うには、僕の絵は彼女が創りたい絵本のイメージにぴったりなのだそうだ。

彼女のあんな積極的な姿は、初めて見た。教室では目立たないほうだし、一カ月以上隣の席に座っているが、そもそもあんなに会話をしたことがなかった。

僕は突然のお願いに驚きはしたが、絵を褒めてもらったことと自分を選んでくれたことが嬉しくて、『僕なんかの絵でよければ』と言って承諾《しょうだく》した。

右手のいいリハビリにもなるとも思ったことも大きい。それに、自分が必要とされる経験はめったにないことなので、単純に嬉しかった。

彼女は、出来上がった絵本はコンクールにふたりで応募《おうぼ》したいとも言っていた。受賞すればもれなく出版されるそうだ。そうすると、図書館や子どもに関係するさまざまな施設にも配られることになるだろう。

子どもはもちろん、たくさんの人にも読んでもらいたい。

それが、彼女の願いだった。そんな気持ちを聞いて、僕のモチベーションはさらに上がった。必要とされたからには、彼女の力になりたい。

そして早速、どんな物語なのかを彼女に聞いてみた。すると彼女は『ふふっ』と笑ってこう言った。

『明日学校で渡すね。タイトルは、まだ秘密』

このとき僕らは、初めて『また明日』と言い合った。

4

次の日、朝練を終えて教室に戻ると、ちょうど森下さんが登校し、鞄の中身を机に入れているところだった。

「おはよう」

「おはよう、日比野くん」

朝の挨拶をするのはいつもどおり。ただ、おはようのあとに名前を呼ばれたのは初めてだ。そういえば、昨日公園で会ったときも「日比野くん」と呼ばれていたことを思い出す。

「昨日は、急にごめんね」

少し顔を赤くして彼女は言う。昨日、僕に絵を描いてほしいと頼んだあとも、距離が近づいていることに気付いて、慌てて離れてからそんな表情になっていたな。

「ううん。いろいろびっくりしたけど、嬉しかった」

そう伝えると、彼女は安心したように表情を綻ばせてから、一冊のノートを鞄から取り出した。そして、周りに誰もいないのを確認し、僕に差し出す。その行動から、このノートをあまり人に見られたくはないのだなと察する。

僕はノートを受け取り、そっと鞄に入れた。それを確認してから、彼女は口を開く。

「それね、全部は書いてないの。話は考えてるんだけど、少しずつ読んで、少しずつ描いてもらおうと思って。見開き一ページにひとつの絵っていうイメージで書いていくつもり。絵本だけど、対象年齢は少し高めなの。小学校の高学年くらいかな」

「わかった。構図の指定とかはある？」

「しない。日比野くんが読んで、頭に浮かんだものをそのまま描いて」

「えっ！」

それは意外だった。絵本を描きたいと考えているからには、絵の構図の指定はされるものだと思っていたから。どんな視点で、なにを、どこに、どのくらいの大きさで、どんな色で描けばいいのか、彼女は全部僕に任せると言っている。

「……それでいいの？」

「うん。そのほうが、日比野くんらしい絵になると思うから。部活も忙しいだろうから、日比野くんのペースでゆっくり描いて」

「わかった。とりあえずやってみるよ」

僕は、うまく描けるか不安に思ったけれど、自分らしい絵を描いてほしいと言われたことが嬉しかった。

――とにかくがんばろう。森下さんがどんな話を書くのかはわからないけれど、彼女の作品に見合う絵を描くんだ。

　僕はそう思った。


　その日の部活から、僕は二、三年生の練習に復帰した。Aチームとβチームによるゲーム形式の練習だ。僕はもちろん、AではなくB。

　一年生と練習していたグラウンドの端と、今立っている中央では世界が違った。

　僕の心臓はドキドキしていた。整形外科の先生が言っていたように、まだ右手の痛みはあったがプレーできないほどではなかった。

　ただ、一カ月のブランクは僕の予想以上だった。ギプスを巻いているときも下半身のトレーニングや走り込みは続けてはいたけど、練習の後半になると息が上がり、足はずっしりと重く、思うように動かなくなった。

　相手が、追えない。得意に思っていたディフェンスも、相手のボールにかすりもしなくなった。練習が終わる頃には、僕の身体はボロボロだった。そして、心も。

　――ここまで、力が及ばないとは。

　ただでさえスタメンになれていなかったのに、それに加えて怪我によるブランクだ。嫌でも焦る気持ちが湧いてくる。

　人数は決して多くない部活。その中で、三年生でスタメンではないのは僕だけだ。

パスやドリブルが苦手で鈍足なことが致命的だった。そんな僕のウィークポイントが、今日この久々の練習でさらに際立ってしまった。

「おい日比野、どうや調子は」

遠山《とおやま》監督が練習後に声をかけてくれた。関西弁を話しているが、そちらの出身ではない。ただ、関西の大学に通っていたことで方言が移り、今でもそのままなのだという。

「もう大丈夫です。ご心配おかけしました」

手をブラブラと振って、治ったことをアピールする。しかし、監督の目は鋭い。

「まだ痛むんやろ」

「……はい、すみません」

プレーの内容から、僕が強がっていることを察したのだろう。

彼は、たとえBチームの選手であろうが、一年生であろうが、全員をよく見ていた。そして、全国大会に行くというチームの目標を達成するための可能性を、全員から公平に見出そうとしていた。そのことを、三年目になる僕は理解している。

だからこそ、僕はスタメンになんてなれないと確信する。

今の僕は、どう考えてもチームにとって役に立つ存在ではない。

5

男の子が目をあけると、そこは海の中でした。
息ができるので、男の子は『これはきっと夢だ』と思いました。
海の中には日の光がさしこんでいて、とてもきれいでした。
まわりにはたくさんの大きなあわがうかんでいます。
あお、みどり、オレンジ、きいろ……。
色とりどりの魚たちが、ゆったりと泳ぐようすや、
下に見えるきれいなピンク色のサンゴしょう。
男の子は、このうつくしい夢のせかいをしばらく楽しんでいました。

彼女の物語は、不思議な海の情景が思い浮かぶようだった。文章から感じられる優しい雰囲気が、森下さんらしい。読んでいくうちに、どんどんその情景が頭の中に形作られていく感覚は、すごく不思議で、けれど心地よかった。
舞台は、海。昨日、かおるくんと一緒に公園で描いたばかりだったので、偶然だ

なぁと思った。一ページ目は、そんな海の様子の描写《びょうしゃ》で終わっていた。まずはここまで読んだ部分を一枚の絵にすればいい。

——日比野くんが読んで、頭に浮かんだものをそのまま描いて。

僕は、森下さんに言われたとおり、物語を読んで頭に浮かんだものをそのまま絵にしていった。誰かのために描く絵は記憶にある限りでは初めてで、自然と手に力が入る。かおるくんと絵を描いて遊んでいるときも真剣ではあるけど、このときはそれに加えて緊張もしていた。

＊＊＊

その日の夜、僕はまた、あの妙にリアルな夢を見た。

小学校の中だということは同じだが、場所は教室ではなく、図書室だった。この夢がリアルなのは、景色だけじゃない。窓の外からは子どもが遊ぶ声が聞こえている。手からは、木でできた机の冷たさを感じたし、給食前なのか、どこからか美味しそうなにおいが漂ってきている。今日の給食はシチューのようだ。

聴覚《ちょうかく》、触覚《しょっかく》、嗅覚《きゅうかく》。どれも夢ではなく、本当に自分がそこにいるような感覚がある。でも、自分の手を握ろうとしても動かない。どうやら、思いどおりに身体を動かすことはできないようだ。

僕の意思とは関係なく、まっすぐ図書室の奥へ進んでいる。きっと本を探しているんだろう。そう思ったけど、手に取ったものは、本ではなかった。

それは、一冊のノートだった。右奥の棚の一番上の端にあり、背表紙が棚の奥側を向いている。表紙にはなにも書かれていなかった。

僕はノートの中身を開くと、なぜか手に持っていた色鉛筆でそこに絵を描き始めた。けれど、その絵だけはぼやけていて見えない。

僕はひとりでなにをやろうとしているのか。なぜ、ノートは目立たない場所に隠してあるのか。

そう考えているうちに、時間が経っていたようだ。キーンコーン……とチャイムが鳴る。僕は急いで片づけをしてノートをもとの場所に背表紙が奥になるようにしまい、そして早足で図書室をあとにした。

夢は、そこで終わった。

＊＊＊

集中して絵を見ていた彼女がそれを閉じたので、僕はドキドキしながら口を開いた。

「……どうかな」

彼女はこちらを向くと、頬を持ち上げて目を細め、小さく「ふふっ」と笑った。いつもの優しい笑い方。その動きに合わせて、ふわふわのくせっ毛が小さく揺れた。

「え、笑えるくらいひどい？」

僕が心配になり尋ねると、ううん、と彼女はかぶりをふった。

「その逆。想像以上によすぎて、笑えてきちゃったの」

僕は、出来上がった絵を早速森下さんに見てもらっていた。森下さんのイメージに合う絵が描けているか心配だったけど、予想以上の好評をもらえて安心する。

僕は、ふうーとため込んでいた息を吐いた。

「なんだ、よかったあ……」

緊張がほぐれ、笑みがこぼれた。そんな褒め方をされたことがなかったのだが、自然と言葉が出てきたことに僕は驚く。

ほっと胸を撫で下ろす僕の様子がおかしかったのか、また彼女は笑う。今度は少し長めに。彼女は、うっすらと浮かんだ涙を人差し指の背中でぬぐった。笑いすぎて涙が出たんだろう。

「やっぱり、日比野くんに任せてよかった」

彼女は安堵したように息を吐き、そう言った。

「ありがとう、期待を裏切らないようにこれからもがんばるよ」

「そんなにプレッシャーに感じなくて大丈夫だよ」

彼女はそう言って手を顔の前で左右に振った。

始業前の教室はざわついているが、窓際の後ろにいることもあり、周りの声は気にならず、この空間にふたりでいるようだった。

「がんばりすぎないでね。まさか一晩で描いてきちゃうとは思ってなかったから、びっくりしちゃった」

「描き始めたら、夢中になっちゃって」

「眼の下、ちょっとクマができてる。睡眠時間を削ったらだめだよ」

確かに、と思った。昨日は描くのが楽しくてつい寝るのが遅くなってしまったけど、これを続けていたら身体を壊してしまう。

描くのが楽しかったのも寝る間も惜しんで描いた理由のひとつだけど、それだけではない。早く森下さんの書く物語の続きが読みたい気持ちもあった。

「これからは、せめて一週間に一枚くらいのペースにしよう?」

彼女の心配そうな表情を目の当たりにした僕は、早く読みたい気持ちを抑え、素直に応じることにする。森下さんに心配をかけることは避けたかった。

「そうだね。そうしよう」

週刊の漫画雑誌の続きを待つ感覚だと思えばいい。そう自分に言い聞かせて、そう答えた。

「ありがとう。……うん、それがいいよ。昨日も言ったけれど、部活も大変だろうし」

部活、という彼女のひとことに、昨日の練習を思い出し、胸の奥がチクリと痛んだ。

昨日、寝る間も惜しんでこの絵を描いた理由がもうひとつある。

昨日の部活では思うようなプレーできなかった。自分はチームに必要とされるほどの選手ではないんだと思い、これでもかというくらい無力感を味わった。

そんな気持ちで家に帰り森下さんのノートを目にしたとき、少し安心した自分がいたんだ。

――自分を必要としてくれている人がいる。

厳しい言い方をすれば、それは〝逃げ〟だった。チームの役にまったく立っていない気がして感じた生まれた虚無感を、森下さんの絵を描くという行為で埋めようとしていたんだ。

「……日比野くん？」

「えっ」

森下さんの声で我に返る。その表情は変わらず心配気だ。僕は、彼女にそんな顔をさせてはいけないと思った。

「大丈夫？」

「うん、大丈夫！　部活に影響が出ないようにしていくよ」

彼女は、僕が本気でそう言っているか伺うようにじっと僕の目を見ていたが、しばらくして安心したのか、「そうしてね」と笑顔で言った。それを見て、僕も安心する。

「部活に影響でないように」と言いつつ、今は絵を描くほうをよりがんばろうと考えていた。

〝逃げ〟てもいいと思った。

必要としてくれている人のためにがんばるほうが、いい。

6

とつぜん、男の子の目の前で、たくさんのあわが光りながらうずまきはじめました。

あんまりまぶしいので、男の子は思わず目をつむりました。

光がおさまり目をあけると、そこには白いワンピースを着た、ひとりの女の子がいました。長いかみをなびかせて、瞳はとじられていました。

女の子と男の子は、海の中で向かいあわせにただよっています。

「きみは……だれ？」

男の子が聞くと、女の子はゆっくりと目をあけました。

その目は、色とりどりの魚たちやサンゴに負けないくらいにきれいでした。

女の子がふわりとこんにちはと言ったので、男の子もこんにちはと返しました。

「きみはだれなの？」

男の子がまたたずねると、女の子は小さな頭をふって、

「ごめんなさい、名前は言えないの」

とあやまりました。

「だけど、わたしは、あなたに助けてもらったことがある。これだけは言えるわ」

「えっ。ぼく、きみのことを知らないし、助けたことも、ないよ」

男の子がびっくりしてそう言うと、女の子は優しくほほえみました。

「あなたにはその記憶がないだけで、たしかにあなたが、わたしを助けてくれたのよ。大丈夫、いつかわたしの言っていることがわかる日が、くるから」

男の子は、やっぱり女の子のことを思い出せないままでした。

けれどこのきれいな海の中では、そんなことはなんだかどうでもよくなってきます。

「ねえ、ここがどこかわかる？」

男の子はあたりを見渡しながら聞きました。魚たちが、むれになって泳いでいます。

「ここはね、わたしの夢の中なの」

「きみの？　じゃあ、ここはぼくの夢じゃないんだ」

そうよ、というと、魚たちがふたりのまわりを回るように泳ぎはじめました。

どうやら、女の子がそうさせているようです。

「あなたはいま、〝自信〟をうしなっている。だから、この夢に招待したの。わたしの知ってる、あなたの素晴らしいところを、伝えるためにね」

「ぼくの、素晴らしいところ？」

男の子は、首をかしげて考えましたが、思いあたることがありませんでした。

「そう。たくさんあるのよ。だからわたしは救われた。今度は、わたしがあなたを勇気づけて、助けるばんなの」

女の子がそう言うと、魚たちが大きなあわに姿をかえ、ふたりはそれに包まれました。男の子は強い光に思わず目をとじました。


夢からさめた男の子は、ふしぎな夢だったなあと思いました。

――〝ぼくの素晴らしいところ〟って、なんだろう。そんなの、ないよ。

そんなことを考えながら、今日も学校へ行きます。

男の子にとって学校は、〝ゆううつ〟な気持ちになるところでした。

なぜなら、男の子の苦手な、大なわとび大会のジャンプの練習があるからです。

大きいなわがぐるぐる回る中にとびこみ、ジャンプして、ひっかからないように走りぬける。それが、男の子にとってはとてもむずかしいのです。

いつも引っかかってしまうので、男の子の番がくるたびに、五年二組のなわは止まっていました。

そんなとき、友だちは男の子をはげましてはくれますが、心の中では、自分のことをじゃまものだと思っているのではないかと考えていました。

――ぼくが足をひっぱってる。ぼくがいないほうが、クラスの記録はのびるとおもう。ぼくは、いないほうが……。

男の子は、女の子の言うとおり、〝自信〟をなくしていたのでした。

その日も、男の子は女の子の夢の中にいました。

ここは、とてもいごこちがよくて、男の子にとって学校よりも安心できるばしょになっていました。苦手な大なわとびも、勉強もありません。

男の子は、今日ずっと気になっていたことを女の子に聞いてみました。

「ねえ、ぼくはきみになにをしたの。ぼくに〝素晴らしいところ〟なんて、本当にあるの？」

女の子は優しくほほえんで、こたえました。

「あなたは、私にとって、さいしょで、さいごの人なの」

「さいしょで、さいご？」

男の子はまた女の子の言っている意味がわからなくて、首をかしげました。

「そう。あなただけが、わたしのことを助け出そうとしてくれたの。じゃあこれから、あなたの素晴らしいところの、ひとつめを教えるわね」

そう言うと女の子は、あれを見て、と言って男の子のうしろを指さしました。

男の子がうしろを振りむくと、女の子の指さしたほうに、一頭のイルカが泳いでいるのが見えました。

「あのイルカはね、昔、水族館にいたの」

とつぜん大きなイルカがあらわれたので、男の子は驚きました。

そのイルカはきれいな海の中で、気持ちよさそうに泳いでいます。

「小さい水族館だったわ。そこではイルカショーがおこなわれていたの。でも、あのイルカはショーが苦手だった。ジャンプも、ボールをつかった芸も、うまくいかない。だからね、いろんな飼育員から、あいつはだめ、役立たずだって言われていたの」

なんだか自分みたいだ、男の子は思いました。

「でも、ひとりの飼育員だけは、そのイルカのことを見捨てなかったわ。きみならゼッタイできるよって言いながらイルカをはげまして、たくさんの愛情をそそいだ。イルカも、そんな彼女のことが大好きだった」

優しい飼育員さんだったんだね、と男の子は言いました。

「そうね。でも、まわりの飼育員は彼女のことをよく思わなかった。彼らからしてみれば、彼女はいくらやってもうまくできないイルカにつきっきりで、意味のないことをしているようにしか見えてなかったの。彼女のことをそのイルカと同じように〝役立たず〟だってかげで言うようになった。あるときイルカは、その言葉を聞いてとてても傷ついたの」

男の子は、手をにぎりしめました。イルカのほうを向いて話していた女の子は、男の子にからだを向けました。

「ここであなたに聞くわ。あなたがそのイルカだったら、どうする？」

「……大好きな飼育員さんのがんばりが、ムダじゃないって証明するよ。ショーで一番の人気になるくらい上手になってさ」

男の子はすぐにそうこたえました。それを聞いた女の子はうれしそうな顔をしています。

「せいかい。さすがね。大好きな飼育員さんが悪口を言われていることを知ったイルカは、それまでよりもたくさん、練習をがんばった。ひとりでも特訓するようになった。そして、あなたの言うとおりになったわ」

「イルカも、飼育員さんも、がんばったんだね。でも、どうしてあのイルカはいま、この海にいるの？」

「……水族館がつぶれちゃったのよ」

そんな、と男の子は思わず声をもらしました。

「でも、あのイルカはいま、不幸せだと思う？」

男の子は、もう一度イルカをながめました。彼は、からだをしならせ、ゆうゆうと泳いでいます。

「……少なくとも、飼育員さんがひどいことを言われていたときよりは幸せだと思う」

「そうね。じぶんの力で大好きな飼育員さんをよろこばせることができて、彼はそれで満足しているのよ」

男の子は、イルカのことをかっこいいと思いました。

「あなたは、わたしにとって、あのイルカだったのよ」

女の子のひとことに、男の子は目を丸くしました。イルカの話がはじまる前のことをすっかり忘れていたのです。

「でも、ぼくはそのイルカみたいなすごいやつじゃないし、やっぱりぼくはきみのことを思い出せないんだ。ぼくは結局、きみになにをしたの？」

男の子は、女の子のことを思い出せないのを申しわけなく思っているのでした。

でも、女の子は、

「まだひみつ」

と言っただけでした。

そのときまた、たくさんのあわが男の子のまわりをうずまいて、男の子は夢からさめました。

＊＊＊

彼女の物語を読んでいるうちに、『この物語の主人公は、僕だ』と思うようになっていった。

別に、森下さんが僕をモデルにしたと思っているわけじゃない。ただ、男の子に自分の姿を重ねざるを得なかった。

特に、『何度も引っかかってしまう自分はクラスにとって必要じゃない』という男の子の考えは、『足が遅く、パスもドリブルもできない、体力もない今の自分はチームにとって必要じゃない』と考えている僕にそっくりだった。

男の子の葛藤《かっとう》を描く三枚目の絵を描き終えた週から、全国大会の予選が始まっていたけれど、僕はベンチ入りも果たすことができなかった。そして今は、四枚目の絵であるイルカを描いている。

二枚目の女の子が登場するシーンでは、彼女を大きく描いた。身に着けているものは、白色のワンピースのみ。これにはかなり時間がかかった。意識したわけではないけど、僕が描いた女の子は森下さんに似ていて驚いた。

この話を作ったのが森下さんだったからというのが大きいと思うけど、なんだかそれだけではないような気もする。

とはいえ彼女に勘付かれてはいけないと思い、セミロングの髪の毛を伸ばし、ロングヘアにしておいた。

7

イルカの絵を描き終える頃には、もう六月になろうとしていた。

通学中の電車の中で、塾の夏期講習の広告を見てそのことに気付いた。今までそういう情報は気にならなかったのに、受験生になってからは嫌というほど目に入る。

森下さんの絵本の絵を描き始めてから、もう一カ月が経つ。僕は森下さんと約束したとおり、きっちり一週間に一枚のペースで絵を描いていた。

森下さんが転入した日から見るようになったあのリアルな夢は、その後も決まって彼女の物語の絵を描き終えたときに見るようになっていた。

毎回、僕は図書室に向かい、奥の棚からノートを取り出し、その中に絵を描いている。どうしてもその絵だけは見えない。ほかの景色ははっきりとしているのに。

そして、チャイムが鳴ると絵をもとの場所に戻し、早足で図書室を出ていく。

やはり夢は、記憶の奥底に眠る記憶なのだろう。その中でもぼやけて見えない絵というのは、さらに深いところにしまわれているものなのかもしれない。そういうものほど、すごく大切で、忘れちゃいけないような……そんな気がしてならない。

週末、部活では予選の二試合目があったけど、僕はスタメンになるどころか、交代で試合に出ることすらできなかった。悔しかったけど、今は森下さんに必要とされているから、となんとか自尊心《じそんしん》を保っている自分がいた。

僕は、いつも月曜日に絵を描いたノートを渡していた。彼女はそれを一度持ち帰り、家で続きを書いて火曜日に持ってきて僕に渡す。

渡すのはいつも僕が朝練を終えたあとだ。教室に人はたくさんいるが、僕らの席は一番後ろの隣同士なので目立つことなくノートの受け渡しができた。

今日は月曜日。彼女に絵を渡すべくノートを鞄に入れて学校に向かう。朝練があるため僕はいつも早く家を出るのだが、登校途中で、ひとつ問題があることに気付いた。

そういえば、先週の金曜日に席替えをしたのだった。僕は運悪く中央の列の一番前で、彼女はその列の一番後ろ。隣だったからこそできた自然なやり取りが、できなくなってしまった。

どうしよう、いつ渡そうと不安に思いながら登校し教室に入ると、すぐにその不安は解消されることになった。

「おはよう、日比野くん」

静かな教室に、森下さんがひとりで座っていた。

「おはよう、森下さん。早いね」

僕は驚きながら、目だけで時計と彼女を交互に見る。

「席、隣じゃなくなっちゃったから」

彼女はいたずらっぽく笑って、僕の席を指さした。

「僕もそれで、どうしようって思ってたんだ。ありがとう」

「こちらこそ。いつもありがとう」

——このために、早く来てくれたんだ。

僕は彼女の気遣いを嬉しく思いながら、ノートを手渡した。彼女はありがとう、と言ってそれを丁寧に両手で受け取り、早速絵を眺めた。

このやり取りは何回か繰り返したが、未だに緊張する。僕は彼女がそれを見ている間、決まって下を向いていた。恥ずかしいし、彼女の反応が気になってしまうから。

そして彼女もいつもと同じように顔を上げて「ふふっ」と笑ってこう言う。

「ありがとう。今回もすっごく素敵な絵だよ」

言うことはいつも同じだけれど、一回一回にすごく気持ちが込められているのがわかって、なんだかむずがゆい。

そのひとことに、僕は毎回一喜一憂《いっきいちゆう》、もとい〝一喜一喜〟していた。

この時間に彼女といるのは新鮮だった。隣だったときも大して多く会話をしていなかったのに、朝練が始まる時間まで、僕らはいつも以上に話をした。

多くは、物語の内容のことだ。このとき僕は、勇気を出して初めて『主人公が自分に似ていると思う』と話した。こんなことを言うのは恥ずかしかったが、森下さんなら受け止めてくれると思ったのだ。

彼女は、特に驚きもしないという様子だったが、なぜかちょっぴり嬉しそうにも見えた。僕は、やっぱり言ってよかったと思った。

「物語の主人公と自分が重なって見えることって、あるよね」

そう言って森下さんは目を細める。

「私もね、小さい頃両親にたくさん絵本を読んでもらったんだけど、日比野くんみたいに感じることが結構あって。自分の今の悩みと、主人公がぶつかってる壁が同じに見えるって感じだった。そんなとき、主人公が壁を乗り越える姿を見てヒントをもらっていた気がするんだ」

それを聞いて僕は、すぐにこう答えた。

「もしかして、君のお父さんとお母さんが、そのとき君が抱えていた悩みに合わせて絵本を選んでくれていたのかもしれないね」

君、なんて呼び方をするのは初めてで、絵本の中の男の子に影響されているな、とこっそり思った。

彼女は、「そうかもね」と言って、また「ふふっ」と笑った。

その笑顔を見た僕の胸には、なんだか温かい感情がこみ上げてきた。彼女が自分に笑いかけてくれるのが嬉しかったんだと思う。

そのときふと、僕の頭にあるひとつの考えが浮かんだ。

――森下さんになら、記憶喪失のことや、両親のことを話せる。むしろ、話したい。

彼女がこの話を聞いてどう思うのか、知りたい。

「その……日比野くんの、ご家族のお話も聞きたいな」

そんなことを考えていたら、森下さんのほうから聞いてくれた。彼女は上目遣いで、遠慮がちに僕を見ている。どう切り出そうか考えていた僕は、心の中で彼女にお礼を言った。

僕は、森下さんに自分の境遇《きょうぐう》を話した。両親を事故で亡くし、今はじいちゃんとふたりで暮らしていること。事故で頭を強く打ち、小学生の頃の記憶がすっぽりとなくなっていること。

彼女は、僕のたどたどしい説明を、うんうんと頷きながら、遮《さえぎ》ることなく聞いてくれた。滅多にある話ではないので普通は驚きそうなものだけれど、不思議とそんな素振りも見せなかった。その代わり、その目にはうっすらと涙が浮かんでいた。

記憶がないせいで、僕は両親のことで悲しみ、涙することはない。だから、その涙は森下さんが僕の代わりに流してくれているようにも思えた。そう考えると、僕も少し泣きそうになった。

森下さんが泣かなくてもいいのに、という気持ちと、僕に気持ちを寄せてくれているように思えて嬉しい気持ちが入り混じる。

「……記憶、戻るといいね」

今までその言葉を僕に言った人はたくさんいたが、心から言ってくれていると感じたのは、じいちゃんと相良以外では彼女が初めてだった。

「ありがとう。……実は、自分の記憶なんじゃないかって思う夢を、最近見ていてね」

「えっ、それってどんな夢?」

彼女は興味深そうに僕の座っている方に身を乗り出した。

僕は、唯一の手がかりだと思っていたあのリアルな夢が、いつも同じことに辟易《へきえき》していた。毎回図書室で絵を描いているだけだったのだ。そして、自分の記憶が戻ることをほとんど諦めていた。その感情を素直に伝えると、彼女は大きく首を横に振った。

「だめだよ、諦めちゃ。忘れていても、確かに日比野くんが過ごしてきた大切な時間だから。その中でしかなかった誰かとの出会いや、思い出があるはずだから」

そして、確信を持つ表情でこう付け加えた。

——大丈夫。諦めずにいる限り、記憶が戻る日が必ず来るよ、と。

彼女の力強い言葉や表情からは、なんだか説得力を感じた。

「……うん、ありがとう。諦めずに待ってみるよ」

一通り話を聞いた彼女は、静かに涙を拭いた。鼻の先が少し赤くなっている。

「日比野くんが小学校に上がる前で、なにか記憶に残っていることはないの？」

森下さんは、僕にそう尋ねた。

事故により失ったのは小学生の頃の記憶だけだが、幼さによりそれ以前の記憶もあいまいだった。でも、森下さんに自分のことを伝えたい一心で、僕は記憶の引出しを一生懸命に探した。

「うーん、僕が一番覚えているのは、両親と一緒に町の中を散歩していたことかな」

僕の住む町は、茶屋街や大きな美術館、日本庭園、一般の人も多く訪れる市場などがあり、散歩する場所には事欠かない。もちろん、かおるくんと出会った公園にもよく行った。この町は古い町並みも残り、伝統工芸や日本古来の食文化も継承《けいしょう》されているので、年配の観光客が多く訪れている。テーマパークとかそういったものはないが、僕は小さい頃からこの町のことが好きだった。

僕は、両親と手をつなぎながら、いろんなところを見て歩いた。季節の移り変わりを、肌で感じながら。気に入った風景があると、僕は立ち止まって落書き帳によく絵を描いていた。両親は、そんな僕を見守り、待っていてくれた。

そんなことを話しているうちに自分も懐かしい気持ちになってきた。

「なんだか日比野くんらしいね」

そう彼女は微笑みながら言った。彼女は、幼い頃の僕の気持ちになっているのだろう。安心し、とても満たされた温かい気持ち。それをすべて入れ込んだかのような言い方だった。

その言葉と笑顔を見て、僕はあることに気が付いた。

——ひとりで思い返すと孤独を感じるけれど、彼女のように優しい人と思い出を共有することで、ひとりじゃないから大丈夫、と思えるのかもしれない。

「……うん。ありがとう」

やはり、彼女に話してよかったと僕は思った。言いたいことはもっとあるはずなのに、なんだか胸がいっぱいになってそれだけしか言えなかった。

8

「彼は、足手まといなんかじゃありません！」

男の子が職員室の前をとおりかかったとき、担任の先生の大きな声が聞こえてきました。思わず男の子は、聞き耳を立てました。

「しかし、彼は何回やってもうまくとべないじゃありませんか。おかげで、先生のクラスの記録はちっとものびない。ほかの組はもう百回をこえているというのに」

この声は、教頭先生の声でした。男の子のことを、けなしているようです。

「だからと言って、彼をはずすなんて、そんなことはできません！」

先生はそう言い返しました。

「私は、彼に『応援役をやらせてみては』と言っているのです。応援だって、クラスにとって大切なことです。はずすのではありません。それに、『彼がいるから五年二組の記録がのびない』と、おうちの方から苦情がきているのですよ」

「全員がとんでこその大なわとびだと思います。彼ぬきでとんで、それでもし記録がのびて優勝したとして、彼やまわりの子どもたちは心からよろこぶことができるでしょうか。そんなこと、できないと思います！」

先生の声は、ふるえていました。泣いているのです。

男の子も、むねがきゅうと苦しくなって、涙をこぼしました。そして、頭の中には、ある映像がうかび上がりました。

あの、イルカです。

男の子は、夢の中で聞いたあの飼育員とイルカのことを思い出しました。

今の自分は、イルカと似ていると思ったのです。

ほんとうのところ、男の子は自分にはできるとは思えませんでした。何度チャレンジしてもとべなかったのですから。あの女の子は男の子が自分を助けてくれたと言っていたけど、男の子はそのことをおぼえていないのですから。

でも、男の子はきめました。できるという保証はないけれど、自分のためではなく、あそこまで言ってくれる先生のためにがんばりたいと。

男の子は、前を向いて教室をめざしました。

＊＊＊

僕はノートを一度閉じ、今までの物語を思い出していた。

夢の中で女の子が男の子に話してくれたイルカのエピソードは、男の子を勇気付けるための話だったんだ。それが本当の話かどうかはわからないけど、それを聞いた男の子は同じような場面に遭遇《そうぐう》し、イルカと同じように大切な人のためにがんばろうと心に決めた。

ここでノートは終わっていたけれど、イルカがその芸を上達させたように、これからきっと男の子は大縄を跳べるようになるんだろう。

僕は、部屋の天井をぼんやりと見上げた。頭に浮かんだのは、森下さんの顔。

物語の中のイルカや男の子は、飼育員さんや先生のために一生懸命がんばろうとしていた。僕は今、森下さんのためにがんばって絵を描いている。そのことは確かだ。

……でも、絵本の男の子やイルカとはなにかが違う。

彼やあのイルカは、『苦手なこと』をがんばると決めた。僕が今がんばっているのは『得意なこと』だ。サッカーから逃げるための言い訳として絵を描いているのだ。

それでいいじゃないかと思う自分もいるけれど、それで心に引っかかりを感じているのも事実だ。

近い存在だと思っていた男の子は、僕にとって遠い存在になっていた。

僕は自分で描いたイルカの絵を手に取って眺めた。

イルカは綺麗な海の中で悠々《ゆうゆう》と泳いでいる。

僕は、このイルカのように泳ぐ自分を、想像することができなかった。

9

次の日の登校中、電車の中で僕は考え続けていた。自分が、あのイルカや男の子のようになる方法だ。それも、サッカーの世界で。

そもそも、自分はなぜサッカー部に入ったのか。その疑問に対する答えは、すぐには出てこなかった。相良に誘われたから？　仮入部が楽しかったから？

どちらも合ってはいるが、ピンとこなかった。いったいなぜだろう？

考えごとをしていて、ふと気が付くともう教室に入っていた。無意識でも自分がしっかり教室に向かっていたことに驚く。

「おはよう、日比野くん」

「えっ、あ、あぁおはよう」

そしてさらに、森下さんがそこにいたことにも驚いた。なぜなら今日は水曜日だったからだ。ノートは、昨日もらったばかりなのに。

「今日も早いんだね」

「うん、二日もこの時間に来てたら、こっちに慣れちゃって」

「へえ、すごいね」

こんなに早い時間に来てもすることもないだろうにと思いつつも、彼女がいるという事実に僕は喜びを感じていた。

「日比野くんだって。毎日、朝練お疲れ様。今日もこれから練習だよね」

彼女は時計をちらりと見たあとに、小さく頭を下げた。その言葉を聞いて、なんだか僕は申し訳ない気持ちになってしまう。

「あ、えっと……」

「ん？」

返事をにごす僕に、彼女は不思議そうな顔をした。

「あの、それが『お疲れ』ではないんだ」

「えっ、毎朝練習してるのに疲れないの？」

彼女は、目を丸くして尋ねる。

「ううん、そういうことじゃなくて……ええと、『お疲れ様』という言葉が合わないというか」

言いながら、僕は頭の中を整理していた。彼女はきょとんとした表情でじっと僕を見ながら、次の言葉を待ってくれている。

「……僕たちは好きでサッカーをしてるんだ。やらなくちゃいけないこととしてじゃなくて、好きなこととしてやってる。でも練習のキツさのせいで、どうしてもその練習を『こなすもの』『やらされているもの』『大変なもの』だと考えがちになる。そうなると練習に対して受け身になってさ、個人としてもチームとしても成長できなくなっちゃうんだ」

そこまで目線を落としながら話していた僕は、顔を上げ彼女の方を見て言った。

「お疲れ様を言わないのは、『自分たちがサッカーや仲間が好きだから』という理由で、自分の意思で部活に取り組んでいることを忘れないようにするためなんだ」

「そうなんだ……」

彼女は、納得したようにうんうんと頷いている。

「それ、すごく素敵な考えだね」

「監督の考えなんだけどね。でも、僕たちはそれを聞いて、自分たちの意思で『お疲れ様』と言わないことに決めたんだ」

へえ、すごいなぁと言って、彼女は両手を胸の前で合わせた。こんな話は彼女にとっておもしろくないと思うけど、とてもまじめな顔で聞いてくれている。

「確かに、やらされてるって思うってことは、自分で自分の行動に責任を持たないってことだもんね。自分は、自分の意思でがんばってるんだって考えること。それが大事なんだね」

彼女はゆっくりと、僕が話した内容を確かめるようにそう言った。

「なんだか、私も見習わなきゃって思ったよ。日比野くん、ありがとう」

「いや、僕は監督の考えを伝えただけだから」

照れくさくなり、僕は首の後ろを掻《か》きながら答えた。すると彼女は小さくかぶりを振って、ゆっくりと口を開く。

「でもその監督の話を受け入れて、実践《じっせん》したのは日比野くんの意思でしょ。だから、私が実際にその効果を実感してる日比野くんの言葉には説得力があったよ。それに、私が何気なく言った『お疲れ様』を受け流さないで、きちんと答えてくれたのも日比野くんの意思でしょう？　それがなんだか嬉しかったよ」

取って付けたような言葉じゃなく、彼女自身が本当に心から思っていることを言ってくれているんだと感じた。彼女の目はまっすぐ僕に向いていて、思わず視線をそらしてしまう。

……彼女は、嬉しいとか、好きだとか、そういうプラスの感情を言葉にしてストレートに伝えてくる。その言葉は、僕が知らなかった自分の価値を見出してくれるものだ。そんなとき、僕の中で言いようもない嬉しさが込み上げてくる。

プラスの感情は、言葉にして口にしたほうがいいんだ。彼女にならって、僕も自分の今の感情を言葉にする。

「ありがとう、そう言ってもらえると……僕も嬉しいよ」

まだ気恥ずかしさもあるが、安心感もあった。彼女は、僕が言ったことを必ず受け入れてくれると思った。

「でも、『お疲れ様』って、部活でよく使う言葉だよね。サッカー部のみんなはどういう挨拶をしてるの？」

「『おはよう』とか『こんにちは』が基本だけど、『お疲れ様』を言うような場面ではね――」

彼女は興味深そうに僕を見ている。僕は一度咳ばらいをしてから、右手を軽く上げてその言葉を口にする。

「ごきげんよう」

彼女が「ふふっ」と笑ったことは言うまでもない。運動部の男子高校生たちが、お嬢様が口にするような言葉で挨拶をし合う光景はすごくシュールだ。

でも、僕らはこの言葉を気に入っていた。目下、目上に関係なく、会ったときも別れるときも使える挨拶。それに相手の健康を願っていることを伝える意味がある。

そのことを彼女に言うと、彼女はまだ笑いがおさまらないのか、口元に手を添えながらも聞いてくれた。

「私も、日比野くんにはそう言ってもいいかな？」

そしていたずらっぽく、それでも控えめに尋ねた。僕はもちろん、と答える。

「じゃ、ごきげんよう」

「うん、ごきげんよう……日比野くん」

自分から提案したものの、やっぱり恥ずかしかったのか、彼女の顔はほんのり赤くなっていた。でも、その顔はどこか嬉しそうにも見えた。朝練に向かう間、そのときの彼女の笑顔がずっと頭から離れなかった。

朝練は基本的に自主練だ。

リフティング、ドリブル、シュートと、基本的な動作を順に練習していく。今日は、思ったとおりにボールをコントロールできている気がする。調子がいいようだ。

インターバルをとっている間、僕はさっき森下さんに話したことを思い返していた。

——自分の意思で、好きで、やっている。

正直、最近の僕はそのことを忘れかけていたようだ。この毎日の朝練も、もはや習慣化しすぎて『毎日こなすもの』という認識になっていた。

今年こそはスタメンになりたいと意気込んでいたのに、三年生になってすぐに怪我をしてしまった。治ってからもなかなか調子が戻らず、焦る気持ちを抱えながら練習していた。

がんばってもがんばっても練習についていくことで精いっぱいで、つらかった。

もし、誰かが僕に『お疲れ様』と言ってきたら、『ああ、すごく疲れてるよ』なんて口にしてしまっていたかもしれない。

本当は違う。確かにキツいけど、サッカーや仲間が好きだからやってるんだ。

彼女は、僕に『お疲れ様』と言ってくれた。そのとき僕は、自分の意思で、その言葉を受け入れることを拒《こば》んだ。彼女は、僕に気付かせてくれたんだ。

そこまで考えたとき、僕の中でなにかがつながった。

朝から気になっていたこと。僕は、なぜサッカー部に入ったのか。

その答えは、〝好き〟という気持ち。ただそれだけだった。

両親がいないのに、そのことを感じさせないほど明るく強い友達のことを好きになり、彼がしているスポーツに興味を持った。

温かく接してくれる先輩たちが好きになった。

『ワンフォアオール、オールフォアワン（ひとりがみんなのために、みんながひとりのために）』という部の訓示《くんじ》があり、それを好きになった。

なんとしてもゴールを阻止するために身体を張ってチームのピンチを救う、ディフェンダーというポジションが好きになった。

僕は、サッカーにまつわるいろいろなものを好きになったから入部したんだった。

でも最近は、そんなサッカーをつらいと思って練習していた。

そんな考えじゃ、スタメンになれなくて当然だ。スタメンは〝好き〟という気持ちを持って、自分の意思で一生懸命に練習した結果としてついてくるもの。『スタメンになるためにがんばる』は、僕のやる気を高めるモチベーションになんてなっていなかったんだ。

ふと、あの絵本の中のイルカと、主人公の男の子のことを思い出した。

――ふたりとも、自分を信じてくれる大切な人のためにがんばっていたな。

僕がサッカーをがんばることは、誰のためになるんだろう。

仲間のため。チームのため。そうだ。僕は、自分のためじゃなく、自分が好きな、仲間のためにがんばろう。

僕は立ち上がり、再びシュート練習を始めた。

「ごきげんよう。日比野、今日もがんばっとるな」

「監督、おはようございます」

すると、遠山監督がグラウンドに出てきていた。

ああおはよう、と言うと監督はグローブをはめ、ゴールの前に立った。

「一発蹴ってみい」

「えっ」

僕は驚いた。監督は、僕にシュートを打つように言っている。彼はもう五十歳をすぎているし、選手にシュートを打たせて自分はキーパーをするなんて姿は見たことがない。

「大丈夫や。いいから、はようせい」

監督は僕が心配していることを察したのだろう。そう言うと、構えをとった。

「では、いきます」

やるからには本気でやらなければと思い、シュートをした。

足がボールにヒットした瞬間、ドン、と自分でも聞いたことのないくらい大きく太い音が響いた。しかし、そのコースは監督の目の前。監督はそれを難なくはじいた。

「……いいシュートや。お前、あんまり打たへんからわからんかったけど、重い球蹴られるようになったんやな。自信持てよ」

少しぶっきらぼうだけど、しみじみと監督は言った。

「……はい！」

自覚はなかったが、練習を積み重ねていくうちに自分にも成長しているところがあるんだと思い、嬉しくなって返事をした。

監督は、かすかに笑ってグローブを外した。そういえば監督は、こうやって早く来たり、学校に遅くまで残ったりして、僕ら選手の個人練習に付き合うことが多い。でも、なぜ自らキーパーをしたのだろう？

僕は、その場を離れようとする監督を思わず呼び止めた。

「あの、監督。……監督は、なんのためにがんばってらっしゃるんですか」

それだけ選手に力を注げる、その原動力がなんなのかを知りたくなったのだ。僕は唾を飲み込み、監督の反応を待った。

監督はちょっと驚いた顔になり、少し考えてから僕の方をまっすぐに見て答えた。

「お前らと、喜びを共有するためや」

「喜びを、共有するため……」

監督は、僕にボールを投げてよこした。それをキャッチし、脇に抱える。

「サッカーは、キツいスポーツや。それに、シンプルだからこそ難しい。強敵から一点を奪うことはそう簡単やない。そのためにはそいつら以上に練習せなあかん。吐くような思いをするかもわからん。でもな、だから部員全員の力でゴールを決めたとき、勝ったとき、喜びは大きいんや」

そう言う監督の表情は、晴れ晴れとしていた。対する僕は、真剣に監督の言葉を聞いていた。監督が言った言葉の意味を、考えていた。

「人数の分、その喜びは倍増する。それまでの努力が報われる瞬間や」

僕は、試合に勝ったときの経験を思い返していた。確かに、そこに仲間がいなければ、嬉しさはそこまで大きくないかもしれない。

「その喜びを、お前らと共有したい。だから俺は、お前らのために俺にできることはなんでもする」

僕は、監督が今まで僕ら部員のためにしてくれたことを思い返してみた。

思えば、毎日部活の最初から最後までいてくれるのは監督くらいだった。自分の仕事は、練習が終わったあとにしているのだろう。

テーピングや、マッサージなどのトレーナーの役割も担ってくれている。合宿の前には、より多くの強豪と練習試合ができるように何度も頼み込んでくれた。正月には、部員全員にお雑煮《ぞうに》を振る舞ってくれたこともある。

数え切れなかった。監督には本当にお世話になっているということに今さら気付く。

僕みたいな補欠部員のためにも、練習を見てくれ、アドバイスをしてくれた。

「お前らのためになにかをやる分だけ、喜びは大きくなる。つまり、お前らのためとか言うとるけどな、つまりは自分のためやねん。お前らと喜びを共有したいっていう自分の目標のためにがんばっとるわけや」

監督は、そう言い終わると、グローブを片づけて、「じゃ、ごきげんよう」と言ってグラウンドをあとにした。

遠山監督の言葉を聞いて、僕は勘違いをしていたことに気が付いた。

それは、『誰かのためにがんばるということは、その誰かのためにしかならない』ということ。

でも、それは違う。誰かのためにがんばることは、自分のためにもなるんだ。いや、自分のために、誰かのためにがんばると言ってもいい。

僕は今、森下さんのために絵を描いている。でも、それによって僕は誰かに必要とされる自分でいることができるし、僕自身もいろんなことを学んでいる。現にこうやって、大切なことに気付くことができている。

あのイルカは、飼育員さんのためにがんばることで自分の生き方を見つけた。

たとえ自分にそんなつもりがなくても、誰かのためにがんばることは、結果として自分のためにもなっていいんだ。

さっき僕は、『仲間のため、チームのため』にがんばろうと心に決めた。その気持ちは変わらない。でも今は、『自分のために、仲間のため、チームのため』にがんばろうと考えている。

仲間の中には監督も含まれている。僕らのために努力を惜しまない彼は、僕らと喜びを共有したいと思っている。その思いに応えたい。彼の夢が叶ったら、僕も嬉しい。

だから、がんばることは僕のためにもなるんだ。

僕は練習を再開した。今までは目の前のゴールしか見えていなかったけど、今度はもっと別なものが見えた。ここが試合会場であることが想像される。なんだか、視野が広くなったような気がした。

グラウンドは、全国大会予選の決勝の舞台に、ジャージはユニフォームに見えた。周りには、たくさんの仲間がいる。

自分のために、彼らのために。この一本のシュートは大切なプレーなんだと思いながら、僕はいつもより長く、ぎりぎりまで練習を続けた。

第二章　白鳥

1

その日の夢の中で男の子は雲の上にいました。夕焼け空がどこまでも続いている、まっかな雲の上です。

女の子はいつもと変わらない姿で男の子の目の前にうかんでいました。いつもの白いワンピースが夕日にうつくしくてらされています。

「……大丈夫？　悲しんでるの？」

女の子は男の子に優しく話しかけました。

「僕は悔しい。僕はやっぱりイルカなんかじゃなかった」

男の子は下くちびるをかんで言いました。

「でも、あの先生のために、人のために、がんばろうとしたわ」

男の子はあのあと、先生のために、大なわとびを死にものぐるいで練習しました。でも、やっぱり、うまくとぶことはできないのでした。

「ぼくには、ムリなんだ」

男の子は、あきらめかけていました。

「今日は、あなたの素晴らしいところふたつ目を伝えるわ」

女の子は、優しく、おだやかな顔をしてそう言いました。

「ふたつ目……」

「あなたは、わたしのためにがんばろうとしてくれた。でもね、ただがんばったんじゃないの。あなたは今日、あの先生のためにと思ってガムシャラにがんばったわね。それは素晴らしいことだわ。でも、それだけではいけないのよ。あなたの本当の力をぜんぶ出していない」

「じゃあ、どうすればいいの？」

女の子はまた、指をさしました。すると、雲の中からなにかが顔を出し、白く美しい姿を見せました。

「鳥？」

「そう、白鳥よ。彼はいま、遠くにいる仲間のもとに行くために、一羽でとんでいるわ。でも、最近まで、彼は空をとぶことができなかったの。さ、行くわよ」

女の子は、白鳥をおいかけるようにとびました。男の子のからだもそれについていくようにとんでいきます。

「……どうしてとべなくなったの？」

「生まれてから数カ月。えさの取り方もおぼえてとべるようになった彼は、冬をこすために仲間とはじめてここにきたわ。でも、そこで羽を猟師《りょうし》にうたれてしまったのよ」

　男の子は、彼の右羽に傷あとがあるのを見つけました。

「自分の力でとべない彼を、仲間はおいていくことしかできなかった。とべないその傷が治って、こうしてとべるようになるまで、五年かかったわ」

「五年間、彼はどうしていたの？」

「はじめのころ彼は、いつも家族やなかまのことを思って泣いていたわ。一羽でいるのはすごく心ぼそかったし、さびしかった。ひとりぼっちなら、生きていてもしかたないとも思った」

「そうだよね。ひとりぼっちはつらいよ。……それにまだ小さいなら、なおさらだ」

「うん、そうね。でもね、また夏がやってきたある日の夜。彼は、お母さんが彼に話してくれたことを思い出したの」

「どんなこと？」

　気が付くと、日は沈み夜になっていました。男の子と女の子は、白鳥とならぶようにとびながら話をしています。白鳥は、まっすぐ、力強くとびつづけていました。

　女の子は、上を指さしました。

「あの星座がなにか、わかる？」

　男の子は女の子が指す方向を見上げた。

そこには夏の大三角が輝いていました。そして、男の子はその中で一番大きな星座の名を口にします。

「はくちょう座？」

「そうよ。お母さんは、彼にそれを見せて、こう言ったの」

――私のお父さん、つまりあなたのおじいちゃんはね。冬をこして、シベリアに戻ろうとする直前に、むれをおそったハヤブサから私たちを救ってくれたの。おじいちゃんは、そのときにむれからはなれてしまったわ。でもおじいちゃんは昔、私に言ってくれていたの。『もし、私たちがはなれることがあったとしても、こうやって夜空を見上げれば同じはくちょう座を見ることができる』って。

そう思えば、はなれていても、存在を感じることができた。だからあなたにも、同じことを言うわ。もし、これからわたしたちがはなれることがあったら、夜空を見上げなさい。そして、はくちょう座を見るの。わたしも、そうするわ。そうすれば、さびしい気持ちもなくなるはずよ――

「彼は、それを見てさびしい気持ちをなくすことができたんだね」

「それから彼はまた、冬に家族や仲間が来てくれることを信じて、空をとぶ練習をしたわ。何度失敗しても、決してあきらめなかった。でも、冬が来るまでにとべるようにはならなかった」

「五年かかったんだもんね……」

「でも、彼がしたのは練習だけではないわ。夜空を見上げてひとりじゃないって思えたことで、みんなのためにできることをさがしたの。自分の、可能性を」

「自分の、可能性……」

「彼はみずうみを泳ぎ回り、人間にしかけられたワナを見つけては、それをはずしていった。空を飛べないかわりに、彼は泳ぐのがとくいになっていたから。仲間のことを考えつづけ、いつ仲間がやってきてもいいように、そのばしょを守っていたの」

「彼の仲間はそこに来たの？」

男の子は、心配に思っていたひとつのことをたずねました。

「ちゃんと来たわ。そして、彼のおかげで安全に冬をこすことができた。彼に『ありがとう』って何度もお礼をいったわ」

その白鳥は、嬉しかっただろうね。男の子はそう言って隣をとぶ白鳥を見て目をほそめました。

「そうね。冬の間、彼はすごく幸せだった。仲間や家族といっしょにいれることもそうだけど、空をとべなくてもみんなの役に立つことができたこともすごく嬉しかったの。だから、今までに四回、冬をこしたあとに仲間と別れることになったけど、彼はつらくなかったのよ」

白鳥の顔は、まっすぐに前を向いてとぶ姿は、とてもほこらしげでした。

「彼には、イルカと同じで誰かのためにがんばることができたんだね」

「それだけでないわ。白鳥のしたことの意味を、考えてみて」

女の子は、あらためて男の子に笑いかけました。

「あなたにも、白鳥と同じ力があるのよ。あなたははじめ、まだ羽をもっていなかった。でも、その羽をつかわずにわたしを助ける方法を見つけてくれたの」

男の子はそれを聞いても、自分が女の子を助けたことを思い出すことできません。でも、女の子が言っていることをうそだとは思っていませんでした。

「……ごめん、まだ思い出せないよ」

「ムリもないわ。大丈夫、今のあなたにとって大切なことはそれを思い出すことではなくて、いま目の前にある壁をのりこえることだもの」

時間が早く進んでいるのでしょうか。もう、目の前には太陽が昇ってきていました。

朝の光が、雲をてらしています。女の子の顔も、白鳥も朝やけに照らされ、美しくかがいていいます。

「いい？　ただがんばるんじゃなくて、今、あなたにできること、あなたがすべきことを考えてみて。あなたにはその力があるんだから。あなたならできるはずよ」

女の子はそう言うと、雲の中に姿を消しました。つづいて、白鳥も。

「……まってっ！」

あとを追い、男の子も下におりて雲にとびこみました。雲に包まれている間、海の中で泡に包まれたとき同じかんかくがあって、これがこの夢のおわりだと男の子はわかりました。

女の子の姿は、もうありません。

そのかわりに、目を覚ます前にあるものが見えました。

それは、ゆうだいなシベリアの大地と、ゆうゆうと空をとぶ白鳥のむれでした。

2

六月が終わろうとしていた。暑さがだんだんと厳しくなり、それに伴って電車内の冷房が強くなっていく。温度差で体調を崩してしまいそうだ。

早朝の電車に座り、発車を待ちながら僕はさまざまなことに思いを巡らせていた。僕は、森下さんの物語からヒントをもらってサッカーをがんばる原動力を見つけた。それからは、さらに部活にも朝練にも精力的に取り組むようになっていた。

体力を高めるために、朝と夜に欠かさずランニングもしているので、この暑さの中でもバテずに走り回れるようにもなった。

しかし、全国大会の予選では、結局最後まで試合に出ることができなかった。その代わり僕は、チームのために応援や雑用、選手のケアなどを全力で行った。

予選の結果は準決勝敗退。チームに勢いがあり先制《せんせい》点を奪うことには成功したのだが、後半に立て続けに二回失点してしまった。そんなピンチを迎えたときにも、交代枠として自分の名は呼ばれなかった。応援しながら、自分が選手としてその試合で必要とされなかったことに少なからず焦りや無力さを感じていた。

まだまだ自分には、実力が足りない。それは自分自身もわかっていた。今の自分では試合に出て力を発揮することはできないと。

そんなことを、フィールドの外で試合を見ながら感じていた。試合終了のホイッスルが鳴った瞬間、チームの全員が悔しさをにじませた。しかし、僕の『悔しい』は、一緒にプレーヤーとして戦えなかったことの悔しさだ。

――このままではいけない。練習の方法というより、意識を変えなければいけない。

そう考えていたとき、森下さんの物語の続きは、またしても僕にヒントをくれた。

まず、物語の中の男の子は、自分のことを信じてくれている先生のためにも全力で練習に取り組んだけれど、うまくいかなかった。

それは、一生懸命練習をしたけど試合に出られなかった僕と同じだ。このことは、ただ大切な人のためにガムシャラにがんばるだけではだめなのだということを教えてくれている。

そして、白鳥の話。白鳥は、仲間のために罠《わな》を取り外して回るという自分にできることを見つけてやり続けた。

白鳥は、自分の可能性を見つけられた。僕にとっての可能性は、なんなのだろう。

「日比野くんっ」

「はい？　……あっ、えっ？」

その声に耳を疑って顔を上げると、一瞬で現実に引き戻された。森下さんが僕の前に立ち、話しかけてきたのだ。

彼女と電車で会うのは初めてだった。同じ駅から乗っているはずだけど、駅でも会ったことはない。

「ああ驚いた。おはよう、森下さん」

「あの……」

「うん?」

「ご、ごきげんよう」

彼女は、胸の前で手のひらを僕に向けてそう挨拶をした。

「あの、それ無理して使わなくていいんだよ? あ、隣よかったら」

「ありがとう。でもこれ、まだちょっと慣れてないだけで気に入ってるんだよ」

彼女は僕の隣に座ると、はにかんで答えた。その笑顔を見て嬉しくなる。僕が教えた挨拶を、本当に気に入っているんだと感じたから。

「そう、それならいいけど。それにしても、電車で会うのは初めてだね」

「そうだね。この駅でしばらく停車するけど、いつもこの電車なの?」

そう話しているとしばらく止まっていた電車が、ゆっくりと動き始めた。

「そうだよ。僕は電車が来たらすぐに乗ってる」

「いつもこの車両？」

僕が「うん」と答えると、彼女が「やっぱり」と言いながらハンカチを取り出し、汗を拭いた。

「私は結構ぎりぎりになっちゃうんだ。最近は、日比野くんに会わないかなって思いながら毎日いろんな車両に乗ってて、今日やっと見つけたの」

なんと、彼女が僕のことを毎朝捜してくれていたと言う。その事実に心が温かくなったけど、このプラスの感情はさすがに言葉にして伝えることはできなかった。

「そうなんだ。ほかの友達はいないの？」

思わず口元がゆるみそうになるのを堪えつつ、僕は彼女が教室でよく話している数人の女子の顔を思い浮かべて尋ねた。

「この電車に乗ってる人はいないよ」

友達のついででもなく、自分を探してくれていたことにドギマギしてしまう。

照れくさくなって、僕は話題を変えることにした。僕と彼女をつないでいる、あの物語の話に。

「昨日、君の物語を読んで、白鳥の場面の最後の一枚を描き始めたよ」

森下さんは、嬉しそうに頬をほんのり赤くして笑顔になった。

仲間のために自分の力を最大限に発揮して、そのがんばりが報《むく》われた白鳥。僕は彼に対する尊敬を込め、確かな自信と達成感に満ちた表情を描いた。うまくできたと思う。描き上げたとき、自分もこんな風になれたらな、と思った。

「いつもありがとう。でも最近夜も暑くて、大変だよね？」

「ううん、部屋の風通しがいいから、そんなに暑くないよ。それに毎日すごく楽しく描かせてもらってる。こちらこそありがとう」

それは本心だった。今度はプラスの感情を伝えられたことに安堵《あんど》する。しかしこの、素直に言葉にできる感情とできない感情の差はなんなんだろう？

「シベリアとか書いちゃったから、大変じゃない？」

彼女は、申し訳なさそうに尋ねる。

「いや、全然。すんなり頭に浮かんだし、描きやすいよ。でも不思議なんだ。僕はシベリアに行ったこともないし、写真でも見た記憶がない。それなのにネットで画像を見てみたら、僕の想像どおりだった」

「もしかしたら、日比野くんの記憶がない頃に見たのかな」

「そうかもね。そういう不思議な感覚って、結構あるよ。例えばさ、僕の部屋にはなぜか分厚い医学の本があってね。買った記憶も読んだ記憶もまったくないんだ。小学生の頃の自分は、医者にでもなりたかったのかな」

「それは確かに不思議だね。私もなんだか気になるなあ」

そして、彼女は以前と同じことを口にする。

「早く、記憶が戻るといいね」

「うん、ありがとう。それにしても、森下さんの物語は読んでいるとどんどん引き込まれる。描いていて飽きないよ」

僕はまた、話題を物語に戻す。

「それならよかった。飽きちゃったらどうしようって、心配してたから」

「そんなことは絶対ないよ。相変わらず、男の子に自分の姿を重ねて読んでる」

僕には、今の自分に必要なものを、物語が教えてくれている気がしていた。それを森下さんに伝えたかった。

「なにか、日比野くんに変化はあった？」

「うん。イルカのところを読んで、『自分は誰のためになにをがんばればいいんだろう？』って考えてみたんだ」

彼女は一瞬、目を大きくして驚いていたけど、すぐに「ふふっ」と嬉しそうに笑った。そして興味深そうに聞いてくる。

「答えは見つかった？」

「うん。……まず、サッカーは仲間のため。あと、監督のため。監督と話して、自分がしてもらっていることがたくさんあったことに気が付いたんだ。そうすると一気にさ、この人のためにもがんばりたいって思えたよ」

隣に座る彼女を見ると、ひざから下を軽く前後に振りながらただ嬉しそうに聞いてくれていた。なんだか子どもみたいで、かわいい。

「あと、誰かのためにがんばるのも、結局自分の成長とか、新しい気付きとか、自分のためになるんだってことにも気付いた。これは、森下さんのおかげだよ」

「私？」

彼女は目を丸くして、ベージュの眼鏡の位置を直した。

「うん。森下さんのためにと思って描き始めたけど、最近じゃ僕が得ているもののほうが多いんじゃないかって思うくらいなんだ」

彼女の方に少しだけ身体を向けて小さく頭を下げつつ「ありがとう」と言うと、彼女も礼儀正しく膝を揃えて僕に「こちらこそ」と頭を下げた。その動作はちょっと可笑しくて、でも、森下さんらしかった。

「あの男の子が、これから自分のどんな可能性を見つけていくのか、すごく楽しみだな。僕も、あの話を読むまで、ただ皆のためにガムシャラにがんばろうとしていたんだ。でもそれだけじゃ足りないんだってわかって、今では自分の可能性についてしっかりと考えながら練習していこうと思った。まだ、それは見つけられていないけどね」

「日比野くんのいいところは、そういうところだね」

「え？」

首を傾げる僕に彼女はやわらかい微笑みを向けて続けた。

「素直なところ。もし、私の物語を別の誰かが読んだとしても、日比野くんと同じように素直に登場人物に共感して、学んで、やってみようとは思わないんじゃないかな」

そういう褒められ方をしたことは今までないので、僕は驚いた。

「それはたまたま君の物語が僕にとって共感できるものだったからだと思うけど」

「ううん、たとえ共感できたとしても、なにかに気付いて行動する人はそう多くはないと思う。日比野くんの素直さってすごく大切な才能だよ」

「あ、ありがとう……」

僕は照れ臭かったけれど、森下さんがそう言ってくれるならと、素直に納得することにした。

僕のいいところは、素直さ？　それならせめて、そのよさは失わずにいたい。そう思った。

3

その日の部活中、僕は自分の可能性を探していた。

チームのため、仲間のため、監督のため。そのみんなと喜びを共有したい自分のために、自分にできることはなんだろう。

——試合に出るしかない。

スタメンになるために練習をがんばるのではない。ただ、試合に出ること以外に僕の可能性を見出したとしたら、それは逃げになる。

だから僕は、あくまで選手として、チームに貢献《こうけん》したいと思った。

もうすぐ夏休みに入る。そこでたくさん練習試合をする機会があるから、まずはそこで少しでも多く試合の経験を積みたい。

そんな思いで、練習に臨《のぞ》んでいた。

また、AチームとBチームのゲーム形式の練習だ。僕はまだBチーム。ガムシャラにがんばるのではなく、自分のできることを探してそれに集中する。

——僕にできることは、なんだろう。自分に、できることは……。

そこで、考えた。僕がディフェンダーを好んでしているのはなぜなのか。

それは、攻めることよりも守ることに、選手としてのやりがいを感じているからだ。相手の攻めからゴールを守り続けると、いつかはボールを奪い返すチャンスがやってくる。

僕はその瞬間を思い描きながら、ボールと、相手の動きを目で追っていた。

そのとき、グラウンド中央から、Aチームのロングパスが飛んだ。

僕はそれを阻止しようとしたが一歩及ばず、パスを通してしまった。けれどすぐにそれ以上自由に走らせまいと、相手にピッタリと張り付いて守り続けた。

長い距離を走ったあとなので、息が苦しい。足がだんだん重たくなってくる。だが、ここで力を抜けばたちまちドリブルでかわされてしまうと思い、足を動かし続けた。

一瞬、ボールを持っている相手が僕の後ろを見た。激しい足音が近づいてくる。ものすごいスピードだ。

Aチームの選手が走り込んできているのを感じ、振り返る。

……相良だ！

走り込んでいる彼を味方のディフェンスも追ってはいるが、追いついていない。相良がボールを受け取ろうと僕の方へ走ってくる。

その瞬間、僕の目の前からパスが放たれた。

今までの僕だったら、そこで相良の方へ突っ込んでいたのかもしれない。しかし、ガムシャラにやっても、技術のない今の僕には相手のボールを奪うことはもちろん、攻撃を止めることさえできない。

僕は、必死に状況を把握することに努めた。

そして、軽やかなトラップでボールを受け止めた相良と、目が合った。僕は彼の方に勢いよく一歩踏み出す。

——相良だったら、こんなとき……。

僕は二歩目を、相良の方ではなく、ゴールのある中央のスペースに踏み出した。それと、相良がゴールに向かって短いパスを放ったのは、同時だった。

僕には、Aチームの選手が背後を回り込んでいる姿が見えていたのだ。そして相良はその味方にパスを出すだろうと、とっさにに判断した。

僕が足を踏み出したことで不意をつかれた相手は、一瞬たじろぐ。そしてボールを受け取る瞬間、僕のスライディングタックルを受けることになった。僕の足が、ボールを真正面からとらえる。

はじかれたボールは、相良を追っていた味方の選手に届けられる。攻守が入れ替わる瞬間だ。

そしてそのまま、今まで守りに戻ってきていた選手が一斉に相手ゴールへと走り出した。Aチームの選手はまだ守りに戻ってきていない。パスを出せる選択肢が無数にあった。

……その勢いで、Bチームとしては久しい先制点を奪うことに成功したのだった。

守りは、攻撃の起点。勢いのある相手の攻撃をうまく止めたとき、チームには一体感が生まれる。その瞬間が、僕は好きなのだ。だから、僕はディフェンダーをしている。そのことを、感覚的に思い出すことができた瞬間だった。

「ナイスでした、立樹さん！」

ゴール後、僕がパスをつないだ後輩がハイタッチを求めてきた。僕はそれに応える。

パシン、といい音が奏でられた。


「さっきはやられたよ」

休憩中、相良は笑いながらそう言うと、水を一口飲んだ。

「まぐれかもしれないけど、ああいうプレーをずっとしたいと思ってたんだ」

「怪我治ってからも、毎日朝練がんばってるもんな。日比野、なんか変わったよ。焦りがなくなったっていうか、周りがよく見えてるっていうか」

相良は、長い両手を上げて大げさに驚いたような素振りを見せた。

「ようやく体力も持つようになった感じするよ」

僕は、自分が疲れにくくなっていることも感じていた。

「うん。そりゃよかった。その調子でどんどんいけよ。早く一緒に試合出たいし」

「がんばるよ」

そう言って一口飲んだ水は、とても美味しかった。

「おい日比野」

給水ボトルをかごに戻しているところで、遠山監督が声をかけてきた。

「休憩明けから一回Aチームに入ってみい」

「えっ！　本当ですか」

思いがけない言葉だった。

「嘘なんか言わへんわ。センターバック、樋口《ひぐち》と交代な」

「は、はい！」

「やったじゃん、日比野！」

相良が、自分のことのように喜んでいる。

今まで逃げていた自分が、一歩を踏み出すことができた気がした。

4

僕が見出した、自分の可能性。それは、ディフェンスに集中すること。粘り強く守るなかでも、ガムシャラにならずに相手の動きをよく見る。そして状況を把握し、チャンスを見つけたら思い切って判断し、相手のボールを奪いにいく。あのプレーのあと、監督にAチームに入るように言われたことで、僕がこのチームでやるべきことがはっきりとわかった。

では、男の子が見出した自分の可能性はなんだったのか。

男の子は、夢の中で白鳥の話を聞いてから、自分ができることを考えた。

僕と同じように、選手として。教頭が言っていた『応援役』に回ってしまっては、それは〝逃げ〟になると考えたのだろうと思う。

＊　＊　＊

夢からさめると、男の子はあることを心に決めてから学校へ向かいました。

そして、大なわとびの練習のとき。男の子は、クラスの仲間に、勇気を出してあることをたのみました。

「ぼくをぬかして、みんながとんでいる様子を見せてくれないかな」

ただがんばるのではなくて、男の子は考えようとしていました。クラスのために、先生のために自分ができることはなんだろうと。

男の子は、そう考えながらよくみんなを見ました。とんでいる景色と、それはまったく違っていました。

ニージュイチ、ニジュニ、ニージュサン……

次々となわをとんでいくみんな。

やっぱり自分がいたせいで、とべていなかったんだと男の子は心を痛めましたが、今はそんな場合じゃないと、引っかかってしまう理由をさがしました。

タァン、タァン、タァン。

男の子の目は、とんでいる友だちから、なわに向けられるようになりました。しながら回るそれをじっと見て、音を聞きました。

そして、気がつくのでした。

——なわが、ゆかにバウンドしてるんだ。

みんながなわに引っかかっているとき、必ずなわがゆかに当たって小さくはね上がっていました。

それと、なわの回る速さが同じでないことも理由だと思いました。

もしかしてと思い、男の子はまた、クラスのみんなに言いました。

「ぼくに、なわを回させてもらえない？」

縄をまわしたことなんてない男の子。それも、勇気のいるひとことでした。でも、やってみなければわからないと思ったのです。

クラスのみんなも、男の子の真剣な気持ちにこたえようとしてくれていました。

男の子は、反対側で回すクラスメイトにひとことなにかを言いました。そしてなわをもって、深呼吸をしました。

「よし。せーのっ」

イーチ、ニーイ、サーン……。

男の子は、自分のまわすなわの音を聞きました。

タン、タン、タン。

男の子は、よし、と思いました。みんなが自分の前で、自分のまわすなわをリズムよくとんでいきます。

ロクジュイチ、ロクジュニ、ロクジュサン……。

全員で、れんぞくでとんだ数を数えました。

「すごい！　いけるぞ！」

男の子は、顔をかがやかせました。それは、クラスのみんなもでした。

流れは、とぎれません。

キュウジュナナ、キュウジュハチ、キュウジュキュ……。

「ヒャク！」

全員の声がそろったと同時に、「ピーッ」と笛がなりました。

「やったあ、新記録！」

「こんなに続いたの、はじめて！」

男の子も、クラスのみんなも、よろこんでいました。あれだけとんでいたというのに、まだとびはねています。

――なわをもう少しみじかく持って、たるまないようにしよう。ひざをつかって縦に大きく回して。

それが、はじめる前、男の子がなわを持つ友だちに言った言葉でした。

「すごいよ！　いつもよりとびやすかった！　どうして？」

クラスメイトが、男の子にかけよって言いました。

「うん、あのね……」

男の子は、クラスの役に立てることを見つけました。

白鳥のように、仲間のことを思う気持ちが、そうさせたのです。

5

久しぶりに、図書室とは違う場所にいる夢を見た。

僕がいたのは、かおるくんといつも一緒に絵を描いている近所の公園だった。たくさんの落ち葉が足元にあったので、季節は秋のようだ。

そこで僕はまた、あのノートを持っていた。けれど表紙には今までなかった【だれかの】という言葉が書かれていた。

いつの間に書き足したんだろう。自分の名前を書いたらばれてしまうから、【だれかの】なんて書いたのだろうか。

僕は、ベンチに座って誰かを待っているようだった。秋の日差しが暖かい。

公園にやってきたのは、この夢を初めて見たときに出てきた転校生だった。彼女は僕を見つけると、控えめに手を振ってくる。僕も同じように振り返した。

白いワンピースを着ているその子は、公園を見渡してから僕に駆け寄る。そして隣にちょこんと腰かけた。その姿は、絵本に出てくる女の子と同じだと思った。主人公に自分を重ねていたから、そう感じたのだろうか。

僕は女の子に促されると、持っているノートを彼女に見せた。

――自分以外の人にノートを見せるなんて。

転校生の子といつの間に友達になっていたんだろう。

彼女は、僕のノートと僕を交互に見ては満面の笑みを咲かせて、子どもらしく足をパタパタさせた。

――この子には、見せてもいいと思えたんだね。よかったね。

僕は、子どもの頃の自分に語りかけた。

よかった。この頃の僕にも心を開ける人がいたんだ。

大切なのは友達の多さじゃなくて、ひとりでもこうやって自分をさらけ出せるような相手がいることだ。

そう、今の僕は実感している。

森下さんも、相良も。友達ではないけれど、監督も。僕には、一緒にいるだけで「ありのままの自分でいていいんだ」と思わせてくれる人たちがいる。

僕は、すがすがしい気分で夢から覚め、そして、心の中でひとりひとりに「ありがとう」と言った。

6

芝や木々の深い緑が、輝いていた。芝の中央に置かれたスプリンクラーから出る霧《きり》が、からっとした風にのって飛んでくる。冷たくて気持ちいい。

僕は、大きく深呼吸をしてから身体を伸ばした。最近は蒸し暑い日が続いていたのだが、今日はとても過ごしやすい。

池の水面はきらきらと光り、まぶしいくらいだ。僕は目を細め、広大な庭を背にした。大きな円盤状《えんばんじょう》の建物。壁はガラス張りになっていて、外と中はまるでつながっているようだ。自然豊かな庭の中心に建つそれは、中にいても自然の息遣いを感じることができる。エントランスに入ると、僕は緩いカーブを描いた長いベンチに腰をかけた。

ここは、僕のお気に入りの美術館。一点一点の作品を見に来るところというよりは、敷地すべてが大きな美術作品で、その世界観を全身で、五感を研ぎ澄まして味わう場所であると言ったほうがしっくりくると僕は思う。

例えば絵画は、廊下の壁一面に直接描かれていたりする。十メートルほどのとても長い壁画だ。色鮮やかな花々が描かれて、美術館をより明るい雰囲気にしている。

僕は、記憶をなくしてからもよくひとりでここを訪れている。庭も含め無料で見られるエリアが多くあるので、ここは僕にとって憩いの公園のような場所だった。

しかし、今日はひとりで来ているわけではない。

「日比野くん、お待たせ」

後ろから声がして、僕は振り向く。そこには、森下さんがいた。

「待った？」

「ううん、全然」

二十分以上前から来ているのだが、そのくらいは待ったうちに入らない。それだけ、ここは時間を忘れさせてくれる場所なのだ。

「ごめんね、せっかくのお休みに付き合ってもらっちゃって」

「いや、そもそも僕のために来てもらってるから、むしろ感謝したいくらいだよ」

彼女は、オレンジ色のチェックのワンピースを身に着けている。夏だというのに肌は白く透き通っていて、なんだかまぶしい。いつもは下ろしているくせっ毛は、後ろでひとつに結われ、彼女が歩くたびにふわふわと動いていた。彼女は、この明るい美術館の雰囲気によく馴染んでいた。

今日は日曜日。彼女の提案で、僕が小さい頃両親と行った記憶のある場所を巡ることになり、ここで待ち合わせをしたのだ。

小さい頃によく行ったのなら、記憶のない小学生の頃にも行っているはず。だから、ひとりではなく誰かと一緒に会話をしながら訪れることで、記憶が呼び覚まされるのではないか、というわけだ。

彼女は僕の隣に座ると、心配そうにこう尋ねた。

「ここまで来てもらってなんだけど……日比野くん、本当に大丈夫？」

「ん？　どうして？」

「今日の約束をしたあとに気付いたんだけどね、記憶が戻るってことは……その……事故の記憶も戻るってことで……」

そこまで聞いて、僕には彼女が心配していることがわかった。

「そういうことなら、心配はいらないよ。確かに両親が死んでしまったことを改めて思い出すのはショックも大きいだろうけどさ。でもいいんだ。思い出す覚悟はできてるつもり」

多くの人は、大切な人との思い出も、別れの記憶も、すべて抱えて生きている。そのすべての記憶があるからこそ、できることがあると思う。例えば、大切な人を、心から大切にするとか。例えそれが、天国にいる人であったとしても。

「それだったらいいんだけど……」

彼女の目線は下がったままだ。まだ心配そうなので、僕はもうひとつ付け加えた。

「うん、いいんだ。それにね、僕のなくなっている記憶の中には、すごく大切な友達がいるはず。その子のこと、思い出したいんだよね」

「もしかして、あの夢で？」

彼女は少し遠慮がちに、そう言った。

「うん、そう。昨日の夜、夢の中にある女の子が出てきたんだ」

「ねえ、それってどんな人？」

食い気味に、少しだけ座る距離を縮めながら彼女が言った。

「そ、それだったらさ、公園で話すよ。今日、最後に行く予定だったよね」

僕がなだめるように言うと、彼女は少し残念そうにしながらも、「わかった。楽しみにしてるね」と言った。

「じゃあ、行こうか」

僕らは、美術館の奥へと進んでいった。


そのあとは展示を見て回りながら、たくさん話をした。いつもは学校や電車でしか話さないので、とても新鮮だった。いつもの美術館と、今自分がいる場所が同じ場所には思えないほど、ひとりで来ているときと感覚が違った。

——これ、すごいね。綺麗だね。

——どうやって作ったんだろうね。

——こんな作品を作ろうと思うなんて、芸術家はすごいね。

ひとりでいるとき、心の中でつぶやいていた言葉が、実際に声になる。そして、僕の気持ちを森下さんに受け止めてもらえる。同じ気持ちを共有できる。それが、とても心地よかった。

小学校へ上がる前、両親とここへ来ているときも、きっとこんな風にたくさん話していたんだろう。自分の感動を、両親に伝えたかったに違いない。

一番のお気に入りの作品は、天井が四角くくりぬかれた部屋。見上げると、大きな開口部からは空が見える。ただ、それだけの空間だ。広い部屋を囲う分厚い壁が音を完全に遮っているため、ここはひとつの独立した世界になっている。

今日はよく晴れた日だったし、風もあったから、見上げた自然の絵画は忙しくその姿を変えた。吸い込まれそうな美しい青と、絵の具を垂らしたような真っ白な雲。そのふたつのコントラストが綺麗だった。もちろん、雨の日も天井の四角い形に合わせて雨が降り注ぐのを見るのがおもしろかったし、曇りの日も少しずつ変わる雲の様子を見られるから、とてもいい。時々晴れ間が見えると、嬉しい気持ちになる。

僕は、その窓枠の中が決して同じにはならないというところが好きだった。

どの一瞬を切り取っても、それは二度と目にすることのできないひとつの絵だ。だからこそ、美しい瞬間を見逃すまいと、首が痛くなるほどじっと上を眺めていた。

——みて、あのくも。ワンちゃんのかたち！

——いま、ぜんぶあおだった！

——あめもきれいなんだね。

小学校へ上がる前の僕は、そこから見える景色にいちいち感動しては、両親に伝えていた。耳の奥で、そのときの声がかすかに聞こえる気がする。

そんなことを森下さんに話すと、彼女もこの作品が気に入ってくれたようだった。

「この作品には、日比野くんの思い出が詰まってるんだね。そういうものがあるって、素敵だな」

それに、と言って彼女は天井を見上げ、続けた。

「私ね、空が好きなんだ。見上げればいつも、そこにある。そして、一瞬たりとも同じ空の景色は見られない。だから、私は暇さえあれば空を見上げてた」

彼女は空を見上げたまま、笑みを浮かべていた。そして、こう言った。

「空はね、神様のキャンバスなんだよ。神様は、雲とか空の青とかを常に描きかえてるの。私たちが見てるのは、そんな一枚の大きな絵なんだよ」

僕がへえ、と感嘆の声を漏らすと、彼女は「今の、お父さんが言ってたことなんだ」とはにかんだ。

確かにそうかもしれない。それなら、神様というのは案外気まぐれなんだ。僕らは、時を忘れて四角く切り取られた空を仰ぎ続けた。

美術館のあとに向かったのは、広大な日本庭園。美術館を囲んでいた明るくにぎやかな雰囲気の庭とは対照的に、落ち着きがあり、どっしりとした趣《おもむき》のある庭だ。梅雨の時期にたっぷりと水を吸った草木は、一年で最も活気づく夏を迎えていた。陽光が降り注ぎ輝く万緑の中を、僕らはゆっくりと歩く。

庭園は、静かだ。美しい植物たちは息をひそめて、自分の置かれた場でその命を全うしようとしていた。

地面は、丁寧に管理された苔《こけ》でびっしりと埋め尽くされている。そんな苔さえも綺麗な深い緑色をしていて、日陰の中でも風景を明るく染めていた。

美しい景観を全身で味わいながら、僕らは細かな砂利や石畳を踏みしめながら歩く。彼女は、緑の中ところどころに生えている美しい花の名前を僕に尋ねた。

これは、ヒメオオギスイセン。これはギボウシ。これは、リュウノヒゲ。

そのたびに、僕は植物の名を説明する。何度も来ているうちに、自然に覚えたのだ。そうなんだ、綺麗だね。そんな会話をするとき以外は、お互いほとんどしゃべらなかった。

それでも、やはり森下さんの隣は居心地がよかった。

庭園の中にある小さな山も登った。ゆるやかで長い階段を上ると、頂上には東屋《あずまや》があり、そこから庭園を見下ろすことができる。上から見ると、池の水面やたくさんの草花が輝いていた。

森下さんが少し疲れている様子だったので、僕らはそこで休憩をすることにした。

「大丈夫？」

「……うん、平気。ありがとう」

彼女は笑ってそう答えたあと、「でも、もう少しここにいたいな」と言った。この景色が気に入ったのかもしれない。頂上には、僕らしかいなかった。

「見晴らしがいい場所だね」

彼女はハンカチで汗を拭きながら言った。下の景色を見下ろしながら、「そうだね」と僕は答える。

「季節によって全然景色が違うから、一年中来ても飽きないよ」

「そうなんだ！　今の季節は、本当に一面緑って感じ。でも、小さい滝もあったね。あのあたりだった？」

彼女はさっき僕らが歩いていた森の中を指さした。

「うん、そうかも」

「ご両親とも、一緒にこうやって眺めていたのかな」

僕は頷き、続けた。

「父さんに、ここで肩車をしてもらっていたと思う」

そのときの目線は、もう少し上だったはずと思い、僕は背伸びをした。小さい頃の記憶と重なる部分はところどころにあるが、今と昔では見え方が違う。

小さかっただけでは気付けなかったことも、成長するうちに知っていく。例えば、この広大な庭園を手入れする庭師さんの努力と技術が素晴らしいものだってこと。自然の力だけではなく、人の力も合わさってこの美しさが作られているんだってこと。

下から視線を感じ、そちらを見ると森下さんと目が合った。彼女は澄んだ瞳でこちらを見ていた。そして神妙《しんみょう》な口調で僕に尋ねる。

「なにか、思い出すことはあった?」

ずっと見ていると緊張するので、僕は目線をまた景色に向けて答えた。

「小学生に上がってからのことは、やっぱり思い出せないな」

でも、と僕は続ける。

「すごく懐かしい気持ちになったし、なんだか森下さんが言ってたように、諦めない限りいつか絶対記憶は戻るって思った」

「そうなの? それは、どうして?」

また彼女の視線を感じる。なんだか彼女の瞳は、見つめたら吸い込まれそうになる。

「説明しづらいけど、本当にそう思ったんだ」

僕はそれだけ口にして、そろそろ行こうかと言ってからひとつ伸びをした。

なぜ、記憶がいつか戻るって確信できたのか。その理由を心の中で探っていた。

小学生の頃もきっと、こうやって両親と一緒に美術館や庭園に来ていた。今、僕は森下さんと一緒に回っていて温かい気持ちを感じることができた。そして、記憶がないのに、両親が僕のそばで一緒に美術館を回っているような気持ちになった。

記憶のない頃の自分がまったく消えてしまっているならば、この気持ちはありえないと思ったのだ。


僕らは最後に公園に来ていた。本当なら絵本専門の本屋さんにも行く予定だったけど、美術館と庭園でどちらも長居してしまった。彼女は、「本屋さんは、また違う機会に行こうね」と言ってくれた。

庭園を出る頃にはもう日が傾き始めていた。公園のキャンバスは今、森下さんが着ているワンピースのようなオレンジ色に染まっている。そういえば、かおるくんと一緒にあそこに夕焼け空を描いたこともあった。

ベンチに並んで腰を下ろすと、森下さんは早速、と言った感じで僕の方に身体を向けた。ここで、夢の話を教えてくれるんだったよね、と目が言っている。

「……夢でも、こんな感じで僕はここに座っていたんだ。隣には女の子がいた」

僕は、夢で見たことをありのまま森下さんに伝えた。

いつも絵を描いていたノートの表紙に【だれかの】と書かれていたこと。

そのノートを、女の子に見せていたこと。

彼女は、とても嬉しそうに笑っていたということ。

それを見て僕が、安心したということ。

そして今の僕が、その子のことを、心から思い出したいと思っていること。

森下さんはそれを、ゆっくりと頷きながら聞いてくれた。

「日比野くんだったら絶対、その子のこと思い出せるよ」

森下さんが笑った顔が夕焼けに染まっていた。幼い子に笑いかけ、語りかけるような表情だった。でも、心からそう思ってくれていることが伝わるから、悪い気はまったくしない。むしろ、そうやって可能性を信じてくれる人と出会えることは、幸せなことだと思う。

僕はこの一瞬も、今日のすべても、ずっと覚えておきたいと思った。

森下さんと別れてから、僕は振り返りさらに赤く染まった公園を見て、小さい頃の自分が絵を描いている様子を思い浮かべた。

そういえば、夕暮れ時にここでよく絵を描いていたな。父さんと母さんの影がだんだん長くなっていく中、僕は夢中になってチョークを動かしていた。

そんなことを考えているとき、ふと、頭の中に両親以外の誰かが思い浮かんだ。しゃがんで夢中に絵を描いている僕に、声をかけてきた女の子。僕の知らない、僕と同じ年くらいの子だった。

話した内容まで覚えていないけれど、その子は僕の絵を褒めてくれたと思う。話しかけられて、嬉しかった気持ちが残っている。

今日一日思い出の場所を回ったけれど、結局、この公園が僕にとって一番思い入れのある場所なのかもしれないと思った。小学校の頃は、ここでどんな思い出を作ったのだろう。

僕は公園をあとにし、じいちゃんの待つ家へと向かった。

7

なわを回すという役割を見つけた男の子。でも、なわがたるまないように身体をいっぱいにつかって回すので、どうしてもつかれてしまうのでした。

大会では、一分間を二回とびます。二回目では、回す速さがおちてみんながひっかかってしまいました。

そうなると、男の子は二回のうち一回は、とばなければいけなくなります。

大会で男の子のクラスが優勝するには、やはり男の子がなわをとべるようになるしか、道はないようでした。

＊＊＊

男の子は、みんなが跳びやすいように縄を回すことで、自分の可能性を見出した。

僕は、相手チームの動きにも目を配りながら粘り強くディフェンスをすることに可能性を見出した。

その結果、僕はAチームとして練習に参加できることが多くなり、全国大会予選の二回戦では途中出場することができた。前半の終わりに一失点し、〇対一で折り返した試合。その後半から交代出場したのだ。

初めて公式戦のピッチの芝生を踏みしめたとき、僕の心臓の鼓動は痛いほどに大きかった。それは喜びでもあるけど、ほとんどは緊張だった。

その景色は、普段の練習のそれとなにもかもが違っていたから。コートがとにかく広く感じ、周りの声は遠く聞こえた。

僕は、自分のやるべきことをやろうと気持ちを集中させて、なにがなんでも追加点を阻止しようとした。パスを回させないようにとにかくボールに意識を集中した。ヒヤヒヤする場面もあったけど、その結果なんとかそれ以上の点を許すことはなかった。しかし、相手がボールを保持している時間が長く、防戦一方《ぼうせんいっぽう》になってしまったため、スコアは〇対一を保ったまま試合終了のホイッスルが鳴ってしまった。

サッカーは、フォワード、ミッドフィルダー、ディフェンダー、ゴールキーパーとポジションは分かれているが、ディフェンダーだけが守りなわけではない。全員で守らなければ、相手に隙をつかれてあっという間に点を入れられてしまう。

攻撃にも同じことが言える。フォワードだけではなく、みんなで攻めなければ、相手のゴールネットを揺らすことはできない。僕はこの初めての公式戦で、守りはできたものの、攻撃では全然役に立てなかった。相手のゴールへ向かう縦方向のパスやドリブルがまったくできず、せっかく奪ったボールを奪い返されピンチに陥《おちい》り、それでさらに体力を削られた。

——物語の男の子は、縄を回すだけではなく跳ばなくてはいけなかった。

僕も、守るだけではなく攻撃もしなくてはいけない。

つまり、男の子も僕も、自分の苦手なことを克服しなければ、真にみんなの役には立てないということだ。

つくづく僕らは似ている、と思った。

——ここで諦めてたまるか。

試合後、僕は悔しさを感じながらもさらに闘志《とうし》を燃やしていた。


登校中。電車の中で僕は、森下さんとまた一緒に話していた。

美術館に行った日以来、僕は森下さんと前よりも自然に話せるようになっていた。

ここ最近、森下さんと毎日電車が一緒になる。会話といえば、たいてい絵本の話だ。

そして、この話をすると、必然的に僕の話もすることになる。なぜなら、僕と男の子の境遇が似すぎているから。

僕は、初めて試合に出たことを話した。森下さんは、そのことを喜んでくれた。結果については、「まだまだこれからだよ」と言ってくれた。その笑顔に、焦っていた気持ちが少し和らいだ。これは、森下さんの持つ不思議な力だと思う。

「……最近さ、絵を描き始めるときに森下さんが言っていたことの意味がよくわかった気がするんだ」

そう言うと、彼女はくりくりとした瞳を向けて「それってどのこと？」と聞いた。

「絵本だけど、対象年齢は高め、っていう話。もし、小さい子向けだとしたら、イルカの話を聞いた時点で男の子はピョンピョン跳べるようになってるだろうなって思ったんだ」

彼女は嬉しそうに「そうなの」と言って口元を緩めた。

「確かに、小さい子向けの絵本って展開が早いから、すぐ状況が好転して、それでハッピーエンドになるよね」

「うん、そんな感じ、する」

「あと、イルカのシーンもそうだけど、今描いてもらってるシーンも、『せっかく縄回しで活躍できるようになったのに、一回しか体力が続かないなんて』……って読む人は思うよね」

彼女の言葉に、僕は頷いた。そして、そんな部分でさえも自分と重なる部分があることを話した。物語の主人公も、自分も、一筋縄ではいかないというもどかしさを感じている。

すると返ってきたのは、思いもよらないひとことだった。

「……日比野くんは、自分の物語を生きているんだよ」

「自分の……物語?」

僕がきょとんとしていると、森下さんは真剣な眼つきで「そう」と言って続けた。

「物語の主人公と同じように、いろんな壁にぶつかってもそこから逃げずに、人のためにがんばろうとしているでしょ? それが、日比野くんが生きることで綴《つづ》られていく、日比野くんだけの物語だと思うんだ」

やはり彼女の言うことには説得力があるな、と僕は思った。いつも彼女は僕にとっていいほうに想像力を働かせて物を言ってくれる。優しく、それでいて芯のある声で。

そして僕は、その言葉にまんまと納得させられるのだ。

「そう言われるとなんか恥ずかしいけど、それ以上にがんばろうっていう気になるよ」

僕はつぶやくように言った。彼女はなんだか嬉しそうだった。

「だから私、日比野くんの話を聞くのがとっても楽しみだよ。自分の物語を生きている人の話を聞くとその人のことを応援したくなるし、自分もがんばろうって思える」

表情や今の言葉から、森下さんの僕を応援する気持ちも伝わってきて、僕も嬉しくなった。そして、不意に思い浮かんだ言葉を口にした。

「森下さんは、小さい頃からそうやって物語に親しんできたんだもんね」

彼女はハンカチで汗を拭きながら、「うん、そうだね」と答えた。もう完璧に夏だというのに、彼女の肌は白いまま。季節感が周りと違っているように感じるし、病弱そうにも見える。汗を拭くために後ろ髪を持ち上げたときに見えた首筋なんて、雪みたいに真っ白だ。

「普通の小さい子って、長い話だと飽きちゃうけど、むしろ私はそういう話のほうが好きだったな。その分、いろんな気付きがあるし、物語に浸っていられる時間も長いから」

「なるほど……」

物語の世界に浸っていられる時間の長さ。それも絵本を読むうえで大切なんだな。そういえば今の僕は、すごく長い時間、彼女の書く物語の世界に浸っている。それってなんだか得してるな、なんて思った。

「両親にせがんで読んでもらったお話は、今でもすごく心に残ってるんだ」

彼女は今、昔読んでもらっていた物語の数々を思い浮かべているのだろう。

人を元気付けたり、安心させたりする不思議な力を持つ森下さんのことを、僕は知りたい。そのためには彼女がどんな絵本を読んできたかを知るのが近道だと思うから、そういう話に僕は興味津々だ。

「日比野くんは、なにか小さい頃にそういう長いお話を読んでもらった記憶はない？」

「……あるかも」

「その絵本のタイトルは？」

「うーん、タイトルは覚えてないんだけど、話の内容なら」

彼女は目を輝かせながら、それこそ小さい子どもが絵本を読んでとねだるような目で、僕を見る。教えて、と口には出さずとも彼女が言っているのがわかった。

「うさぎのぬいぐるみが男の子にすっごく大事にされていて、夢の中で本物のうさぎになって男の子と一緒に冒険するっていう話」

彼女の目が、輝いた。

「それってもしかして、『きみといっしょにいられるだけで』？」

彼女が口にしたその絵本のタイトルには、聞き覚えがあった。首に緑色のリボンを巻いた、青色の目をしたおもちゃのうさぎが思い浮かぶ。

「……きっとそれだ。森下さんも読んでいたんだね」

「うん。小学校の頃、大切な友達に教えてもらって、本屋に走って買いに行った思い出の絵本なんだ。それを読んでからね、持っていたくまのぬいぐるみを心から大切に思って、常に一緒にいるようになった。そうすれば、いつかこのくまも本当のくまになれるんだって信じてね」

「子どもらしいね。そうやって絵本の真似する森下さんだって、すごく素直だと思うよ」

僕は少し冗談めかして言った。森下さんは僕のことを素直だなんて言ってたけど、君のほうがずっと素直だって。そう言うと彼女は「ふふっ」と笑った。

「子どもの頃はみんな素直だよ。日比野くんは？　なにか大切にしたりしなかったの？」

「うーん、僕は子どもの頃から超常現象《ちょうじょうげんしょう》みたいなのは信じてなかったから、そういうことはしなかったよ。ただね、あのページの真似はした。したというより、両親にしてもらったと言ったほうがいいかな」

「どのページ？」

僕は、その絵を頭の中でイメージした。すごく、温かい気持ちになる一ページを。

「えっとね、夜寝るとき、男の子が布団の中で肘ついてさ、うさぎのための空間を作ってあげるページがあったんだ。『うさぎのあな』とか言ってさ。その絵を見てね、すごくいいなあって思ったんだ。うさぎ、羨ましいなあって」

僕は両手で頭の上に三角を作り、布団をかぶるジェスチャーをして見せた。それを見て彼女は「それで？」と言いながら目を細めた。

「それで、両親に頼んだんだ。絵本読み終わったあとでそのページ開き直してさ。『ねえこれやって』って。両親は僕の両側に寝て、肘ついて空間を作ってくれたよ。

『じゃあこれは、立樹の穴だね』って言って」

「いいなあ、日比野くんはすごく愛されていたんだね」

彼女は、胸の前で両手を握り合わせ、目を輝かせながらそう言った。

その穴は、僕だけのもの。守られている、と感じて、安心した。抱きしめられるよりもずっと、本当に、幸せな時間だったと思う。

「もしかして、日比野くんがその絵本のこと覚えてたのは、その思い出があったからなのかもね」

彼女は、少し涙目になっていた。

「森下さん、笑いすぎ」

「だって、子どもの頃の日比野くんを想像したら、かわいすぎたんだもん」

あと、と彼女は言って付け加えた。

「日比野くんの新しい一面が知れて、嬉しかったの」

——そうなのかもしれない。

森下さんといるとき、僕は両親のことをありありと思い描くことができた。

彼女と出会うまでの僕は、ふたりのことを思い出さないようにしていた。ひとりで両親との思い出を浮かべると、自分の寂しさが際立つから。

でも、なぜ今は、こんなにも幸せな気持ちなんだろう。

――ああ、そうか。

今は、ひとりじゃない。僕の思い出を、共有してくれる人がいる。だから安心して思い出せるんだ。

「日比野くんだって、ほっぺたすごい上がってるよ」

「えっ」

とっさに口元に手をやる。僕らは、同じポーズで顔を見合わせて、もう一度笑った。

8

終業式のあとも、サッカー部は練習を行った。今日は、ずっとBチームでの練習だった。僕は試合で感じた自分の課題に意識を集中させた。

自分のチームが攻撃に転じるとき、守るだけではなく僕もゴールに向かわなくてはいけないのだ。その気持ちはあるのだが、技術がその気持ちに追いつかなかった。ボールを奪っても、そのあとのパスがうまく通らない。ドリブルでも相手を抜けない。

そんな調子で僕は、チャンスを活かしきれずにいた。Bチームはその日、得点を入れることができなかった。

「日比野、これからどうする？」

練習終わりに相良が声をかけてきた。

「もうちょっと練習していこうかな」

「がんばるね」

相良はそう言いながらも、付き合うよ、と言ってボールを用意した。

「パスの練習だろ？」

「……よくわかるね」

相良には、なんでもお見通しだなあと僕は思う。

今日、あれだけ失敗していたんだから、当たり前か。

「まあね」

僕らは距離を置き、お互いにパスを出し合う。相良のパスは、スピードがあるのにすごく受け止めやすい。距離やパスを出す試合の場面によって回転のかけ方を変えているのだ。

その理屈はわかるけど、簡単に真似することはできない。

「今日は見苦しいところを見せたね」

「ミスしてたこと？　いや、俺からすればむしろ日比野はかっこいいって思ったぞ？」

その言葉に驚き、動揺し、パスが狂った。

「ごめんっ」

僕がパスを打った瞬間にもう動き出していた相良は僕の逸れたボールを難なく受け止めた。

「かっこいいっていうのは、相良みたいなプレーができる奴のことを言うんだろ？　僕なんて全然じゃんか」

僕がそう言うと、相良は「違うよ」と言って僕にパスを出した。

「日比野は、勇気を出して攻撃に参加しようとしてる。今までと、動きとか目線とか全然違うから、わかるよ。だからあのミスは、チャレンジしてる証拠《しょうこ》だろ？」

なんだか、森下さんみたいなことを言うなあと思った。つまりは、僕はその言葉にまんまと納得し、勇気付けられてしまったということ。

「あのさっ」

僕は狙いを定めて鋭くパスを放った。そして、離れた相良にしっかりと届くように大きな声でこう言った。

「これからも練習、付き合ってもらいたいんだっ」

「いいよーっ！」

相良は、パスを受け取りながら、即答した。まるで、そう言われるのがわかっていたかのように。

「ありがとう！　……あとさ、縦パスの出し方、おしえてっ」

相良も「まかせろ！」と大きな声で返してきた。そしてこう続けた。

「日比野には、試合に出てもらわないと困るからなっ！」

……相良の優しさに、感謝しなければならない。後悔しないためにも、苦手なことからは絶対に逃げない。

相良からボールが返ってくる。僕は、これが試合中なんだと思って相良にまっすぐパスを放った。

今度は、ボールが相良のもとへしっかりと飛んでいった。

帰りの電車の中で僕は、相良と出会ったときのことを思い出していた。記憶をなくし、進学した中学校では特定の友達を作ることもせず、絵ばかり描いていた僕は、友達と付き合う楽しさをまったく忘れてしまっていた。

高校に入学したときは、これから始まる高校生活でも同じように過ごすのだろうと思っていたし、僕はそれでいいと思っていた。

しかし、そんな思いは、初日に打ち砕かれることになった。

隣の席になった長身の男が、僕にいきなり話しかけてきたのだ。

「俺、相良翔太っていうんだ。よろしく」

人懐っこい笑顔を浮かべて彼は僕に手を差し伸べた。

「……僕は、日比野立樹。よろしく」

いきなりのことで少し動揺したけれど、そうされたらその手を握らないわけにはいかない。そうして僕らは握手を交わした。大きく力強い手に驚いた。

「日比野さ、サッカー好き?」

「サッカー？　いや別に……」

唐突に相良から聞かれて、僕は首を横に振った。

「そうかー、残念だな。……あれかな、体育ではやったけどあんまりボール触れなくて楽しくなかったっていう感じ？」

図星だった。体育、特に球技は憂鬱《ゆううつ》な時間だった。マラソンだけは好きだったけど。

「うん、そんな感じ」

「体育の授業って、うまい奴と運動神経のいい奴の独壇場《どくだんじょう》になったりするんだよな。だからもともと苦手だったり嫌いだったりする奴は、ますますサッカー嫌いになる」

確かにそうだった。僕は、足が遅いし、たまにこぼれ球が来てもそれをさばけずにすぐうまい人に取られていた。

「でも、ここのサッカー部はそうじゃないぜ」

相良は大きく口を開けて笑った。彼の真っ白な歯が僕の目に映る。

「ここの監督は、選手ひとりひとりのことよく見てくれる。スタープレーヤーはいないけど、選手のよさを活かせるように考えてる。チームも、うまい奴を引き立たせるんじゃなくてみんなで守ってみんなで攻めるって感じの雰囲気なんだ」

へえ、と思った。彼の話す内容は、僕のイメージしている『高校の部活』のものとは違った。

「日比野って、走るのは好きだろ？」

「えっ……そうだけど、なんでわかるの？」

「姿勢がいいからさ。体幹がしっかりしてる証拠だよ。そういう奴って、身体のバランスを取るのがうまいから、長く走れるんだ」

姿勢なんて、自分では意識したことがなかった。マラソンだけは得意な理由がそんなところにあったなんて。

「サッカーって、走ってなんぼの競技だよ。強いチームは選手の運動量が圧倒的に多い。全員で攻めて点を入れたときの喜びはそりゃあもうすごいぞ」

彼は興奮気味に話していた。

「それでな、体幹はサッカー選手にとってすごい重要なんだぜ。日比野はきっと、守りに向いてると思う。基礎体力はあるだろうから、練習すれば今からでも全然楽しくやれるはずだよ」

彼はそう言うと、またニカッと歯を見せて笑った。

そんなことを言われていい気になったのだろうか。僕は、勧められるがままにサッカー部へ仮入部した。そして、彼の言うとおりの雰囲気が居心地よくて、思い切って入部することにしたのだ。

僕は、誰の話でも鵜《う》呑《の》みにするわけではない。むしろ、その頃は特に人に対する警戒心が強かったと思う。

しかし、相良の前ではそのような心配は不要なのだと、初対面ながらに悟ってしまったのだ。その笑顔は本心からのものだと感じたし、嘘を言っている人の眼ではないと思ったから。

入部後も、相良はよく僕にサッカーのことを教えてくれた。ルール、技術、個人練習の方法、戦術など、いろいろだ。そんな話を聞きながら、相良は本当にサッカーが好きなんだな、と思った。

そんな、明るくて一緒にいるだけで元気をもらえるような彼に両親がいないという話を聞いたときは、本当に驚いた。こんな身近に、自分と同じような境遇の人がいるという事実にも。それまでは、身近にそういう人は誰もいなかったから、『自分だけ』という感覚がまとわりついていた。

しかし今はもう、そうは思わない。

僕らは、似た境遇だからこそ話せることをたくさん話した。それも、明るく。

僕は、ひとりでいいと思っていたけれど、それは友達と付き合うことのよさを忘れていたからだったんだ。

相良が、僕にそれを思い出させてくれた。

相良が、サッカーの世界に連れてきてくれた。

——日比野には、試合に出てもらわないと困るからなっ！

練習中に彼が言った言葉。
相良は、僕の可能性を信じてくれている。同じピッチで戦いたいと、思ってくれているる。

そんな気持ちに応えたいと、強く思った。
電車の窓から見える夕日が、町並みを優しく照らしていた。

9

夕方。帰りの電車を降りたとき、別の車両から降りてきた彼女を見つけた。

「森下さん」

「あっ、日比野くん。ごきげんよう」

もう、彼女のその挨拶にぎこちなさを感じなかった。とても、自然だった。

「ごきげんよう。森下さんも学校に残ってたの？」

「ううん、別のところに用があってこの時間になっちゃった。日比野くんは部活？」

「うん」

改札を出て、僕らは並んで歩く。見ると、彼女の手にはビニール袋があった。そこには学校の近くにある総合病院の名前が印刷してある。

「……風邪でも引いたの？」

「えっ。ああ、うん、ちょっとね」

彼女は、ビニールを反対の手に持ち替えて答えた。

心配だ。彼女は細くて白いから、ただでさえか弱そうなのに、風邪なんて引いたら消えてなくなっちゃうんじゃないかと思ってしまうくらい。

「お大事にね」

「ありがと。大したことないから心配しないでね」

彼女はそう言うと、ひとつ咳をした。心配するなと言われても無理な話だ。

「帰り道、公園までは一緒だよね？　よかったら、一緒に帰らない？」

彼女と一緒に帰るのは初めてで、素直に嬉しいと思った。口には出せないけど。

あ、と僕はひとつ朝に言い忘れていたことを思い出した。

「森下さんにここで会えてよかったよ」

「ん？」

「ノート持ってきてたんだ。朝、渡すの忘れてて」

明日から夏休みで、彼女とは学校や電車では会えなくなる。まだ絵は途中だけど、物語を止めたくはないからノートを返しておきたかった。

「わざわざありがとう。じゃあ、公園でもらってもいいかな？」

公園に着く頃には、もう僕らの影は長く伸びていた。遊具やキャンバスがすっかりオレンジ色に染まっている。

僕らはまた、ベンチに座る。僕の左隣で、彼女は僕がノートを取り出すのを待っていた。

「はい、ノート」

「ありがとう」

彼女は両手でそれを受け取ると、じゃあ一旦預かるねと言ってそれを鞄にしまった。

森下さんと毎日会えなくなると思うと、彼女に話したいことがたくさんあることに気が付いた。自然と次の話が口から飛び出す。

「話は変わるんだけど……あっ、大丈夫？　そういえば風邪引いてたんだよね」

「大丈夫だよ。お話、聞かせてほしいな」

彼女はそう言ったけれど、なるべく手短に話そうと思って、内容を頭でまとめた。

「自分の可能性、見つけたんだ。あの男の子が見つけたように」

僕は、まだ自分には足りないことも含めて、彼女に話した。

あの物語を書いた、つまりあの男の子を生み出してくれた彼女には報告しておきたいと思ったのだ。

「……だから、可能性が見つかったとは言っても、まだまだ越えなきゃいけない壁がたくさんあるんだ」

彼女はううん、とかぶりを振った。

「でも、よかったよ。日比野くんは一歩ずつ、ちゃんと前に進んでる」

「森下さんのおかげだよ。ありがとう」

それは、本心だった。あの物語の世界に触れていなかったら、僕はやる気も出せず自分の可能性すら見い出せないまま夏休みを迎えていただろう。

「どういたしまして。明日から夏休みだけど、練習は忙しいの？」

「ほぼ毎日。っていうか明後日からもう合宿なんだ」

「そっか。身体、壊さないでね」

「ありがとう。それでね、しばらく絵を描くのが遅くなっちゃいそうなんだけど……」

そう言うと、彼女はぶんぶんと音が鳴りそうなくらい強く首を横に振る。

「大丈夫！　無理しないで。合宿がんばってね。パス、うまくできるようになるといいね」

「うん。男の子もこれからがんばって自分の苦手なことに立ち向かっていくんだろうからね。負けないようにがんばるよ」

森下さんは「そうだね」と笑顔で答えたあと、なにかを考えているような表情になった。そして、思い切った様子で口を開く。

「じゃあ、日比野くんが合宿に行く前に少しだけ続きを話してもいいかな」

「え、いいの？」

それは意外な言葉だった。彼女が、物語の続きを話してくれることは今まで一度もなかったから。

「うん。もしかしたら合宿で役に立つかもしれないし……あのね、男の子はあることをやめるんだ」

「あることって？」

「〝自分の苦手なことに、ひとりで立ち向かうこと〟。それを、やめるんだ」

彼女の言葉に、今日の練習後のことを思い出した。相良が練習に付き合ってくれたとき『これからも練習に付き合ってほしい』と僕は口にしていた。

「やっぱり、僕と彼は似てるよ」

「私もそう思う。日比野くんにならいろんな人が力を貸してくれると思うよ。あの男の子みたいに、日比野くんが誰かのためにがんばろうとしていること、みんなわかってると思うから」

「……ありがとう、合宿から帰ってきたら、きっといい報告をするよ」

彼女は、「ふふっ」と笑って僕の目の前に右手をかかげた。その手は、小指がピンと立っている。

「じゃあ、約束して。私も、元気になって、続きしっかり書いて合宿明けに渡せるようにしておくよ。あ、あと、怪我しないでね。心配しちゃうから」

「わかった。約束する。森下さんも風邪が治るようにゆっくり休んでね」

「うん、ありがと」

僕らは、ゆびきりをした。

彼女と僕の小指がそっと触れる。その指はとても細くて、小さくて、ちょっぴり冷たかった。ゆびきりをするのは何年ぶりだろう？　思い出そうとしたけれど、最後にした日はいつなのかわからなかった。

もしかして、失われている記憶の中に、そんな場面があったのかもしれない。もしそうだったら、やっぱり僕は思い出したい。

なぜなら、ゆびきりというのはこんなにも嬉しい気持ちになれるものなんだって、今気付いたから。

おぼろげながら、誰かとゆびきりをした記憶が頭に浮かんだ。それが本当にあったことなら、その相手はきっと、僕にとってすごく大切な人だ。そのときの約束を、僕はきちんと果たしているのだろうか。そういう意味でも、この記憶だけは絶対に思い出さなければいけないのだと思う。


僕らは、合宿が終わって次の日にまたこの公園で会うことを約束して別れた。

まだ、小指に彼女の肌の感覚が残っている。

帰り際、彼女は咳込んでいた。できることなら代わってあげたいと思ったけれど、彼女がそんなことを望んでいるはずがなかった。

僕がやるべきことは、目の前のことに全力で取り組むこと。心配をかけないためにも、絶対に怪我もしない。そして試合で成果を上げ、合宿明けにいい報告をする。
それが今、僕にとっての一番のモチベーションになっていた。

第三章　兎

1

毎年、合宿は標高《ひょうこう》の高い山間部《さんかんぶ》にある合宿所で行われる。全国からチームが集まり、秋の全国大会予選に向けた最後の力試しをする場所だ。周辺には多くのグラウンドがあり、その数は百面以上。小さな地域のどこでも目につくのが、練習試合だ。

みんな、この地に来るときにはいろんな気持ちを抱えている。

地獄の日々が始まることに憂鬱になっている者。試合が楽しみでしょうがない者。チームのキャプテンとして自信が持てずにいる者。怪我をして、試合に出ることができずに悔しい気持ちを抱える者。この合宿でレギュラーの座を狙っている者。

僕はといえば、チームの一員としてできることを精いっぱいやろうという気持ちだけ。本当にただ、それだけだった。

合宿が始まってすぐは、試合に出る機会が少なかった。試合の終わりの十分だとか、途中の五分とか。短いときはチームメイトが鼻血を出したときの交代としてだとか。

だからこそ、その少ないチャンスを大切にした。ディフェンスはもちろん、苦手な攻撃にも積極的に参加した。

一日目の夜、僕は宿舎近くの芝で相良と一緒に練習をしていた。

――自分の苦手に、ひとりで立ち向かうことをやめる。

そう心に決めた僕が練習相手を頼むと、相良は快く「いいよ」と言って付き合ってくれる。練習の合間に、僕は相良にいろいろと質問するようにした。彼は、僕が持っていないものをたくさん持っているから。

「ディフェンダーとして攻撃に参加する方法？」

相良は、リフティングをしながら答える。まるでボールがその身体に吸い寄せられているようだ。コントロールがうまく、ボールがまったく落ちる気配がない。

「そう、それを教えてほしいんだ」

守りだけではなく、攻撃においてもチームの役に立ちたい。それが僕の願いだ。今の僕は、攻撃の歯車にはまることができていない。

相良は、少し考えてから口を開く。そして一際高くボールを蹴り上げると、パシッと大きな音を立ててキャッチした。

「よし、力になるよ。でも、答えは日比野の中にしかないと思うぞ。日比野がボールを持つのって、どういう場面だろう。まずはそこからだ。イメージするんだ。そして自分はそこでどういう動きをするか考えるんだ」

「イメージ……」

「試合に出てない時間、特に相手をよく観察するといいよ。そこで自分がプレーしている姿を想像するんだ。そして、自分だったらどういう動きをするかなって考える。イメージトレーニングってやつだな」

彼はそう言いながらドリブルで相手をかわす動作をした。

「なるほど……やってみる。でも、相良っていつも試合に出てるよね。どうしてそんなことがわかるの？」

「……あるよ。中学時代にね。ずっと補欠で、悔しかった」

そうだったのか。今の相良からは、そんな姿は想像できなかった。

「そしたらいつの間にか、そういう目で試合を見るようになってたんだ。少ない試合のチャンスが巡ってきてピッチに立ったとき、それが活かされてるのがわかったよ。あ、なんか見たことあるっていう感覚になるときが必ずあるんだ。そのとき、迷わず自分がイメージしてたプレーをする。そうすると、びっくりするほどうまくいったよ」

そう言うと彼は笑って、「まあ騙されたと思ってやってみな」と言った。

相良が、今の僕に必要なことを、自分の経験から教えてくれた。

やらない理由は、ない。

次の日から、試合を見る目が変わった。相手のチームはどんな特徴を持っているのか。自分だったら、その場面でどうするか。イメージしながら心の中でどんどん判断を下していった。

転機が訪れたのは三日目の試合のとき。このときも僕は、途中からの交代だった。状況は一対一の引き分けだ。

相手の選手の多くはスピードがあり、速攻を得意とするチームだった。それまで試合を見ていて、長いパスが多いと感じていた。縦にも横にも、大きくパスを出してディフェンスを散らせ、そこから瞬足《しゅんそく》のフォワードに切り込ませる、という戦法だ。

僕はピッチに立つと、ひとつ深呼吸をした。外でイメージしていたことをやるだけだと自分に言い聞かせる。

——姿勢がいいからさ。体幹がしっかりしてる証拠だよ。そういう奴って、身体のバランスを取るのがうまいから、長く走れるんだ。

——サッカーって、走ってなんぼの競技だよ。強いチームは選手の運動量が圧倒的に多い。

相良と初めて会ったときに言われた言葉だ。そう、僕にはこの走りがある。

僕は、攻撃の中心となっている相手の選手をしつこくマークし続けた。

相手の選手から飛んでくる長いパスを奪うことは考えなかった。意識したのは、相手のボールを奪うことではなく相手にスピードを出させないことだ。ひたすら、相手と自チームのゴールとの間に身体を入れ続けた。

そんなことを繰り返していると、相手の息遣いもだんだん荒くなってくる。僕は後半出場ということもあるが、身体の軸がぶれないように意識していたのでまだまだ元気だった。

また、長いパスが来た。マークしている選手もその着地点を目指して走るが、今までのようなスピードがない。

——これなら、取れる！

僕は走りながら、グラウンドの中央を見て、周りのスペースが空いていることを確認した。そして、ボールの着地点に相手よりも先に入り、そのパスを胸で止めた。まだ走れる。僕はそう思い、大きくボールを蹴った。それで、僕をマークしていた選手は意表《いひょう》を突かれる。身体を反転させる時間が必要な分、今度も僕のほうが早くそのボールに追いついた。

ボールを持ったあとのイメージは、短いパスでつなぐことだ。自分のチームには相手のような瞬足の選手はいないが、パス回しはとてもうまい。その歯車に、僕は入る。相良にアドバイスされて、試合を観察するようになってから、パスをするときに大事なのは出すタイミングだとわかった。

相手に距離を詰められる前に、パスの受け手がディフェンダーに阻《はば》まれる前に。思い切って、パスを出して次のフォローに回る。パスをとにかくつなげ続けるんだ。これが自分のやるべきことだと思った。

そんな意識の中で、僕は走り続けた。するといつの間にか、全体的にラインが上昇し、相手陣地内に深く入り込んでいた。そこでも、こちらのチームの早いパス回しが続く。相良も、相手のゴールを狙うタイミングをうかがっていた。

そのとき、相手の足がボールをはじいた。僕は、その軌道を見て走り出した。相手陣地、右奥のスペースでのことだ。相手チームは一斉に攻撃に転じようと、こちらへ向かってくる。

いつもであれば、その瞬間に僕は自陣に戻り相手をマークしていただろう。

しかし、僕が向かった方向は、相手ゴールだった。それも、全力で。もう三十メートルもない。

すると視界の右端から、すっと、パスが出された。ちょうどいい場所と、強さ。顔を上げると、キーパーは右側に寄っている。

僕は走りながらタイミングをつかみ、右足を思い切り、振り抜いた。

ドンッ、と音が鳴り、放たれたボールは相手ゴールの左上に吸い込まれた。ネットが大きく揺れる。

「ピーッ!」

審判の笛が晴れ渡る空に響いた。わっと、チームの歓声が湧いた。

僕はたくさんの仲間にもみくちゃにされた。すげーよ、やったな、ナイスシュート。そんな声をかけられながら。

試合でゴールを決めたのは、これが初めてだった。自分の蹴ったボールがゴールに吸い込まれていくのを見るのも、仲間に声をかけられることも、全身が震えるほどの喜びに満たされることも、全部、初めて。

今までは、自分がゴールを決めるなんて、考えたこともなかった。それは自分の役目ではないと思っていたのだ。

しかし、それではチームの一員とは言えない。ゴールは、全員で狙わなければならない。

だから僕は、合宿が始まってからずっとイメージをしていた。条件が揃ったときには、遠慮なくシュートを打とうと心に決めていた。

僕にパスを出したのは、相良だ。相手がボールをはじいたとき、近くにいたのだ。相良なら、そのボールを中央に運べると思った。

そう思っているところに、相手チームは攻撃に転じようとしていた。だから、僕はゴールに向かって全力で走ったのだ。

僕の出した答えは、小さなチャンスを逃さず、活かすことだった。何度も、試合を見ているなかでイメージしていたプレーだった。

――ありがとう。

僕は心の中でたくさんの人を思い浮かべ、感謝をした。言葉に言い表せない高揚感《こうようかん》が、いつまでも僕の体を熱くさせていた。

2

合宿三日目の試合が終わったあと、僕は監督にこう言われた。

『一皮むけたな、日比野』

監督が言うには、今の僕は野生児っぽくていいらしい。相手にとって十分『こわい』プレイヤーだと。そんな奴の存在は、チームにとってはでかい、と。

『お前らもっと、野生児にならなあかんぞ。ゴールを奪うための嗅覚を研ぎ澄ますんや。今日、そんなゴールがあったな。そういう野生児的なプレーが、俺らを全国に連れてってくれるかもわからんぞ』

その日のミーティングで、監督は僕の名前こそ出さなかったがそう言っていた。

僕は次の日から後半だけだけど試合に出るようになり、最終日にはスタートからも出た。

『野生児』。なんだか僕には似つかわしくない言葉だ。

でも、自分でも思わぬところに自分の可能性が眠っていることがあるんだということを、今回の合宿で実感することになった。

今朝は、久しぶりに遅く起きた。とは言ってもまだ午前七時。合宿中には五時には起きて練習をしていたから、感覚が少し狂っている。昨日までの疲れがまだ抜けきっていないようで、身体中が痛かった。

しかし、僕の気分は晴れ晴れとしていた。カーテンを開けると、まぶしい陽の光が部屋中を明るく照らしている。

今日は、森下さんと久しぶりに会える。あの物語の続きが読めるし、合宿中のことも報告できる。約束を、果たせる。そう思うと、自然と胸が高鳴った。

僕は、ひとつ深呼吸をして弾む心を少し落ち着かせ、毎朝しているのと同じように味噌汁と目玉焼きを作り、お茶を入れた。

出来上がる頃にじいちゃんが起きてくるので、一緒に朝食を食べる。

「おはよう、立樹。朝ご飯、ありがとう」

じいちゃんは目尻のしわをいっそう深くし、ゆっくりと手を合わせた。

「いただきます」

じいちゃんはもう八十歳になるけど、まったくボケてない。いつも僕の顔を見て、名前を呼んで、挨拶をする。僕が用意するのはいつもと変わらない朝食だけど、まるで毎日違うものであるかのように喜び、「ありがとう」と言い、美味しそうに食べる。

父さんと母さんが亡くなったとき、じいちゃんは、父親や母親の代わりになろうとはせず、ただそれまでのじいちゃんのままでいてくれた。

記憶をなくした僕よりも、記憶のあるじいちゃんのほうが父さんと母さんの死はつらく悲しいはずだと想像したけれど、じいちゃんが悲しんでいる姿を僕は見たことがない。

「おおいかん、そういえば今日は、父さんと母さんの月命日だったな。拝んでから食べよう」

じいちゃんはそう言うと、仏壇《ぶつだん》の前に座った。

僕も、その隣に座る。仏壇には、笑顔の両親の写真が仲よく並んでいる。

じいちゃんは線香を供え、おりんを静かに三回鳴らした。その音色以外は、静かだった。静寂《せいじゃく》の中、僕らは並んで手を合わせた。

じいちゃんはいつも、父さんと母さんのことを明るく語った。『本当に、いい子たちだった』と。でもそれは、僕に気を遣っているからではない。直接そう言われたことはなかったけれど、僕はそう感じていた。

「……じいちゃんは、父さんと母さんがいなくなって悲しくないの？」

拝み終わった僕は、ずっと気になっていたことをじいちゃんに聞いてみた。じいちゃんは僕に向き直り、笑いながら、でも、真剣に答えた。

「そりゃ悲しいさ。もっと長生きしてほしかった。愛する息子と娘だもの。でもな立樹。じいちゃんには、心の用意があった。だから、必要以上に悲しむ必要がなくなったんだ」

「心の用意？　それって、どういうこと？」

僕が聞くと、じいちゃんはあごひげをさすって口を開いた。

「……そうだな。それに答える前にまず、立樹に聞こう。人はなんのために生きてると思う？」

それはかなり難しい問いだ。僕は必死に考え、ひとつの答えを口にした。

「幸せになるため？」

じいちゃんは頷いた。

「うん。立樹の答えは、正しい。人間は幸福をどこまでも追求する生き物だ。でも、それは完全な回答ではないと、じいちゃんは思う。人生において約束されているものがひとつしかない限りな」

じいちゃんが立てている人差し指を見つめながら、僕は首をかしげる。

「約束されているもの？」

「人間全員に約束されているものだ」

僕は、腕組みをして考えた。考えるが、答えが浮かばない。

「全員？　……うーん、わからないよ。だって、幸せだって約束されてはいないし」

「そうだな。じいちゃんの言い方が悪かったかもしれない。では、〝人間全員が避けることのできないもの〟と言ったら？」

今のじいちゃんの言葉に、なんとなくどきりとする。この言葉を口に出すのは、少し緊張した。

「……死ぬこと？」

「そうだ。死ぬこと。つまり、誰かとの『別れ』だ。では、さっきの話に戻ろう。人間がなんのために生きているか。究極的に言えば、別れるために生きてるんだと、じいちゃんは思うんだ」

別れるために、生きている。僕は心の中でその言葉を復唱した。しかしそれだけでは、その言葉の意味を咀嚼《そしゃく》しきれず、なんだかもやもやした。

「残酷な答えだと思うだろうが、このことは、人間に生き方を教えてくれる」

「生き方？」

「そう。約束されているものが別れだと知ったとき、じいちゃんは、ある生き方を選んだ。それは、その人との『最良の別れ』のための努力をし続けるというものだ」

もやもやしていた気持ちが、その言葉を聞いた瞬間にふっと消えた。そして、自分の理解を確かめるために話し始めた。

「じゃあじいちゃんは、いつか必ず訪れる別れのときのために、いつも努力をしているってこと？」

僕は、改めて「なるほど」と思った。じいちゃんは、笑顔で頷いた。

「そういうことだ。そのことに気付いたのは、残念ながらお前のばあちゃんが天国に行ったあとだった。じいちゃんは、その日も当たり前に妻が自分の帰りを待っていて、ただいまと言えばおかえりと言って迎えてくれると思い込んでいたんだ。でもそれは当たり前なんかじゃなかった。本当にやりきれんよ。人間にとって最大の不幸は死そのものではなく、後悔の残る別れを迎えてしまうことだ」

じいちゃんは、ふぅと一呼吸をおいた。

「でもな、死や別れと違って、『後悔の残る別れ』というのは生き方次第で防ぐことができるんだよ。じいちゃんはそのことを学んで、息子や娘との別れがいつ訪れてもいいように、最良の別れのために努力をし続けたんだ」

じいちゃんの言うことはすごくよくわかったけれど、ひとつ引っかかることがあった。

「でもさ、自分より先にいなくなっちゃうことなんて、思いもしなかったでしょ?」

僕は、思ったことを自然と口にしていた。

「いいや。自分より先には死なないだろうなんて思いながら接していたら、本当にそうなったときに後悔するだろう。だから、そう思うことをやめたんだ」

じいちゃんが、父さんと母さんのことを明るく語ってくれるのは、僕に気を遣っているのではなくて、本当に、いつ別れても後悔しないように生きてきたからなんだとそのとき気が付いた。

僕はそれを聞いて、すごいと思った。自分が両親と別れることになってしまったとき、僕は両親がいることが当たり前だと思っていたはずだ。いつかくる別れなんて想像もしていなかっただろう。

じいちゃんの言葉は僕の胸にすっと染み込んだ。そして僕もそんな生き方をしたいと強く思った。

「うん、うまい。この目玉焼き、うまいなあ」

食卓でしみじみとじいちゃんが言う。見ると、相変わらず美味しそうに食べている。じいちゃんはきっと今、今日が僕と過ごせる最後の日だと思って生きているんだろう。そして、もし明日僕が生きていてまた朝ご飯を作ったならば、じいちゃんは僕とまた会えたことに感謝し、名前を呼んで「おはよう」と言い、美味しそうにそれを食べるんだろう。

そういえば、と僕はふと思う。

合宿から帰ったとき、それはもう夜の九時半で、じいちゃんはもう寝室にいる時間だった。普段、僕が帰る時間には、じいちゃんはたいてい店の奥で本を読んでいて「おかえり」と言ってくれている。昨日の夜、それがないことに寂しさを覚えたのだろう。僕は寝室に顔を出し、寝ているじいちゃんに囁《ささや》いた。「ただいま、帰ったよ」と。

そしてじいちゃんが生きていてくれることに感謝して、安心して眠りについたのだ。

じいちゃんの生き方は、僕にも浸透しているのかもしれない。

――そうだったら、嬉しいな。

僕は今日森下さんに会ったとき、きっと心から感謝するんだろう。

大切な人とまた会えることは、当たり前のことではないのだから。

3

そんなことを今一度思い返したばかりだったからだろうか。

不吉な予感がした。僕の気持ちが今日の天気とは対照的に淀《よど》み始めている。

——森下さんが来ない。

約束の時間の十分前から、僕は公園で森下さんを待っていた。でも、いくら待っても彼女が来る気配はない。彼女が約束を忘れているという考えは浮かばなかった。彼女は、そんなことをしない。なにか事情があるはず。

それとも、彼女の身になにか——。

僕は彼女と連絡先を交換していなかった自分を憎んだ。さっき、じいちゃんのような生き方をしようと思ったばかりだったのに、こんな後悔を抱えることになるなんて。

連絡先を知りたいと思ったことすらなかった。必要性を感じていなかったのだ。あの物語が僕らをつないでさえいてくれれば、それでよかった。

僕は、思わず最悪の事態を想像した。

これがもし、彼女との一生の別れだったとしたら？　間違いなく僕は後悔することになるだろう。

なにを後悔するのかって？　そんなことは決まってる。

僕は、自分の気持ちに何度もブレーキをかけていた。君に伝えたいと思っていたくせに言わなかったことが、たくさんあったのに。

心の奥でせき止められていた気持ちや思いが溢れ出してくる。

笑った顔がかわいいといつも思っていたということ。ふわふわなくせっ毛を愛おしく思っていたこと。絵を渡すたびに言ってくれるひとことに、毎度のように喜んでいたこと。君が毎朝電車で僕を探していたことを知って、跳び上がりたいほどに嬉しかったこと。

君がいたから、両親との大切な思い出を安心して思い返すことができたということ。

君とゆびきりをしたとき、すごく幸せな気持ちだったということ。

華乃っていう、君にぴったりな名前をずっと呼んでみたいと思っていたこと。

そして……

夢の中で出会った白いワンピースの少女が、君だったらいいのにと思ってたこと。

もし君が無事でいてくれたら、僕はそれを君に伝える。そして、もう気持ちを隠したりはしない。

僕は祈るような気持ちで待った。彼女の家も知らない僕は、待つことしかできない。

僕は立ち上がり、公園をぐるぐると歩き回った。合宿の前、彼女が帰っていった方向を何度も気にしながら。

なにか事情があって、来るのが遅くなっただけだと信じたかった。


一時間待っても、彼女は来なかった。陽は一番高いところに昇っている。公園の景色が揺れて見える。僕の身体は汗でびっしょりだったけど、そんなことは気にならなかった。


不安を感じながら公園の中央のキャンバスの前にしゃがみ込む。

ここでかおるくんと、たくさん絵を描いた。彼女はその絵を気に入ってくれた。そして、絵を描いてくれないかと僕に言ってくれた。

そういえばあのときは、海の絵を描いていたっけ。最近は画用紙にばかり描いて、かおるくんとは描いてなかったな。

——その瞬間、僕は立ち上がった。

思い出した。そのとき、彼女が言ったこと。

かおるくんは、自分の甥っ子だと。ゆいこさんは自分の姉だと。彼らの家なら知っている。ふたりなら、なにかを知っているかもしれない。

なにがあったのかはわからない。でも、両親がいきなりいなくなったことと重なり、不安が増幅《ぞうふく》され、僕は走り出していた。

合宿で傷んだ全身の筋肉が悲鳴をあげたが、胸のほうが痛かった。

――森下さん。華乃さん。華乃。かの。

激しい動悸。期待と不安が渦巻いている。走りながら僕は、心の中で何度も、彼女の名を叫んでいた。

4

チャイムを押してしばらく待つと、ゆいこさんがドアを開けた。

「突然、すみませんっ……！　あの、華乃……森下さんのさんのことで……」

汗をびっしょりかきながら息を切らして玄関に立つ僕を見て、ゆいこさんは驚いていた。

「どうしたの？　とりあえず中に入って」

僕はリビングに通され、促されるままソファーに座った。ゆいこさんは、麦茶を用意してくれている。僕は、流れ出ていた汗をハンカチでぬぐった。

麦茶を差し出すゆいこさんに森下さんのことを聞こうとすると、かおるくんが眠そうに目をこすりながら奥の戸から現れた。

「あれ、たつき兄ちゃん」

「かおるくん、おはよう。起こしちゃったかな。ごめんね」

かおるくんは、ううん、と首を振った。ゆいこさんが、「いつもこのくらいに起きるのよね」と声をかける。

「かおる、立樹くんね、華乃ちゃんのことを聞きに来たのよ」

「かのちゃんのこと？」

かおるくんはしばらく首をかしげてから、なにかを思いついたように小さく「あっ」と声を上げた。

「かのちゃんからね、たつき兄ちゃんがきたらつたえてねって」

「えっ！　なんて……なんて言ってたの？」

僕は唾を飲み込み、かおるくんの言葉を待った。

「えっと、やくそくまもれなくてごめんって」

約束。それは、公園で会う約束のことか。ゆびきりをしたことだとすれば、彼女のほうは風邪を治すことだった。

けれどかおるくんに伝言を頼んだ時点で、その約束は守れなくなるとわかっていたということになる。

「華乃ちゃんが今どこにいるかは、かおるくんわかる？」

「かのちゃんにいわないでっていわれたの。たつき兄ちゃん、じぶんでわかるからって」

……自分でわかる？　それはどういう意味だろう。

でも、その言葉から森下さんがひとまず無事でいてくれているとわかり、僕は長く息を吐いた。ずっとため込まれていた不安や焦りを吐き出すように。

「あと、なにか言ってたことはあった？」

かおるくんはもう一度うーんと考えてから、あ、と小さく漏らした。

「のーとをわたしてあげてっていってた」

「ノート？」

「もってくるからまってて！」

ノート。それはきっとあの物語のものだろう。自分は渡すことができないから、かおるくんに預けたのだろうか。

そう想像して、かおるくんを待った。その間ゆいこさんは僕に麦茶を飲むよう促した。一口飲むと、からからだった喉が潤された。

しばらくすると、かおるくんがトトト……と走って戻ってきた。

「これ！」

……かおるくんが両手で差し出したノートには、確かに見覚えがあった。でも、僕が思っていたものではない。

「え、なんで……なんでこのノートを、彼女が？」

「ずっとまえにぼくにくれたんだよ。かのちゃんのたからもの。だからずっと、だいじにしてるの」

そのノートの表紙には、こう書かれていた。

――【だれかの】と。

＊＊＊

その日の夜、僕はまた、あの夢を見た。

僕は図書室にいて、あのノートがある場所にまっすぐ歩いてゆく。

でも、いつもの場所にノートはなかった。僕は、図書室中を探し回った。やっぱり、ない。

夢を見ている僕は、まさか、と思った。

速足で教室に戻ると、そこには、僕の想像どおりの光景が広がっていた。

人だかりができていて、その中心にいる大柄な男の子があのノートを持っている。

彼を含め、周りの人間はみな、笑っている。

鈍感な僕でもわかる。彼らは僕の絵を馬鹿にしているのだ。

夢を見ている僕は、胸を強く痛めた。今、森下さんのために描いている絵はほかの誰にも見せてはいない。けれどもしそれが勝手に見られて笑われたとしたらと思うと、許せない気持ちになる。

しかし、この状況で行動を起こす勇気は、僕にはないと思った。きっと、その場を気付かれないように去るんだろう。

自分には、その絵を褒めてくれるあの女の子がいる。それだけで十分だと思った。

でも、夢の中の僕は、予想外の行動をした。

「……返せっ！」

ものすごく大きな声が響いた。これは、僕の声なのか？

気付いたら僕はその人だかりの中に割って入り、中心にいる男の子に体当たりをかましていた。

その男の子も不意をつかれたせいか、あお向けにひっくり返る。僕は馬乗りになり、男の子の左手からノートを奪い返そうとした。

ノートを両手でつかんだ瞬間、視界がぐるりと右に回転した。強い衝撃に視界がちかちかする。男の子に右手で殴られたのだとわかった。ジンジンとした痛みが頬に広がる。

僕らの体格差はかなりあった。もちろん僕のほうが小さい。その一撃はかなりの衝撃だったはずだ。でも僕は、ノートから手を放していなかった。

僕はまた、「返せ！」と大きく叫んだ。殴り返しはしない。ただ、そのノートからは決してその手を放さなかった。

そしてもう一度叫ぶ。

――これは、僕らの宝物なんだっ！

＊＊＊

そこで目が覚めた。

こめかみが冷たい。さわってみると、濡れている。

それで初めて、自分が泣いていたことに気付いた。

夢の中で僕は、ノートのことを〝僕らの宝物〟だと言った。これは、僕だけの持ち物じゃない。僕と、誰かの。

その誰かは、今ならわかる。

……僕は、なくしていた記憶のすべてを思い出していた。

涙をぬぐうこともせずに、枕元に置いていたノートを手に取る。

【だれかの】。昨日、かおるくんから預かったものだ。

表紙に書かれたこの文字は、僕が書いたものではない。正確に言えば、僕だけが書いたものではない。

僕はノートを開く。夢の中ではぼんやりとしていて見えなかった中身。そこにあったのは、僕のただの落書きではなかった。

昼間の海、夕焼け空。海の中にはイルカ。夕焼け空には白鳥。男の子や女の子も、いる。僕が今まで描いてきた絵とそっくりだった。

右側に絵。そして左側には、文章があった。同じだ。彼女の物語とまったく一緒。僕がこの物語を読んで、絵を描くのは二回目だったんだ。ノートには、今僕が森下さんに描いているものと、ほとんど同じ構図の絵が描かれていた。

物語の最後の場面はまだ彼女から渡されていないけれど、もうその内容はわかっている。

僕はもう一度、ノートを読み進めていった。

5

「あそこにうさぎがいるでしょう?」

女の子が、草むらをかけまわる一羽のうさぎを指さして言いました。

「うん、いるね」

「三つ目のあなたの素晴らしいところをこれから話すわ。これがさいごよ」

月のきれいな夜。森の中に、男の子と女の子は立っていました。

夢ではない〝現実〟での男の子は、なわがとべるようになるために、友だちの力をかりるようになりました。

まず、なわの回し方のコツをクラスの友だちにおしえました。こうして、男の子も少しとびやすくなりました。

あとは、ひたすらとびました。友だちに見てもらって、引っかかったときの自分のようすを教えてもらいました。

それを聞いて、そこをなおして、またとぶ。そのくり返しでした。また、男の子の次にとぶ友だちは、走り出すタイミングを教えてくれました。

いままで、自分の力だけでがんばろうとしていてうまくいかなかったけれど、友だちの力をかりると、少しずつでもとべるようになっていたのでした。

この夢からさめたら、男の子は本番の日をむかえることになります。

男の子は、とにかく緊張していました。

そんな男の子に、女の子は伝えることがあったのです。

「あのうさぎはね、もともと弱虫で、うさぎのくせにジャンプ力もなくって、とってもどんくさかったの」

きもちよさそうに草むらを走る白いうさぎは、月の明かりにてらされてとてもきれいにかがやいていています。

「そうは、見えないね」

そうよね、と女の子は笑いました。女の子の白いワンピースも、うさぎと同じようにかがやいています。

「むかし、どんくさいうさぎは人のしかけたワナにはまってうごけなくなってしまっていたの」

「かわいそう」

男の子は言いました。

「でもね、その日の夜、それは今日みたいに月のきれいな夜だったんだけどね。わたしたちくらいの年齢の男の子がそれを見つけて、ワナをはずしてくれたの」

「よかった、助けてくれる人がいて。優しいね、その子は」

男の子はほっとしました。

「その子はね、そのときこう言ったの。『きみがとってもきれいな白色だったから、ぼくはきみを見つけることができたよ。お父さんとお母さんからもらったその毛の色は、きみの宝物だね』って」

へえ、と男の子はうれしくなって思わず声をもらしました。

「うさぎはね、それまで自分にはなんにもとりえがないって思っていたけど、その子のおかげで自分のいいところに気付けたの」

「なんか、ぼくみたいだ」

「そうね、あなたみたいね」

女の子はやさしく笑って言いました。

「それから彼は、月のきれいな晩にはまた男の子に会えると思って元気に走り回るようになったの。今までは走るのがきらいだったからぜんぜん早くならなかったけど、そうやって走り回っているうちに、うさぎは上手にかけまわれるようになったわ」

「できないって思いこんじゃってたんだね。それも、ぼくみたい」

男の子は、だんだんうさぎが自分に見えてきました。

「それで、うさぎは男の子にまた会えたの？」

女の子はうなずきました。でも、その表情はけわしいものでした。

「会えたんだけどね、そのときの男の子は、オオカミにおそわれているところだったの。男の子はしりもちをついて、にげることができなかった」

「えっ！　それで、うさぎはどうしたの？」

「昔のうさぎだったら、そんなときなにもできなかったと思うけど、そのときのうさぎはただ男の子を助けることだけを考えて、オオカミに正面から体当たりをしたの。すごいスピードだったわ。とつぜんの大きなちからに、オオカミには、なにが起こったのかわからなかった。それで思わず、男の子をおいてにげていったのよ」

男の子は、すごい、と思いました。そして、それを口にも出していました。

「ものすごく、勇気のいることだよね。うさぎはよくやったね」

かんしんしている男の子を見て、女の子は言いました。

「これで、あなたの素晴らしいところの三つ目がわかったと思うわ」

「……勇気」

男の子は、もう一度その言葉を口にしました。

「そう。あなたの素晴らしいところ、さいごのひとつはそれよ。それも、ただの勇気じゃない。大切なだれかのことを思う気持ちから生まれる勇気よ。実は、あなたは今までにもそんな勇気を出してきたのよ。自分でわかる？」

男の子は、今までの自分の行動を思い出していました。

「明日に向けてあなたが気付かなければならないことはそれよ。あなたには勇気がある。自分よりずっと大きな相手に立ち向かっていっちゃうくらいのね」

「……緊張をのりこえる勇気も？」

「もちろん。あなたなら、きっと大丈夫」

女の子は、そう言うと急にゲホゲホとせきこみはじめました。

「大丈夫⁉」

男の子はかけより、彼女の背中をさすります。２回、３回と、かわいた咳が続いて、それからだんだんとおちついてきました。

「ありがとう……もう、大丈夫よ」

女の子はそう言って一つ、深呼吸をしました。

「ほんとうに、大丈夫なの？」

心配そうな男の子の様子を見て、女の子は「これはかくしきれない」といった様子でこたえました。

「わたし、実は病気なの」

「え……」

女の子のとつぜんの言葉に、男の子は大きなしょうげきを受けました。

「今までだまっていて、ごめんなさい」

男の子は、ぶんぶんと首をふってから、涙声になって聞きました。

「どうしたら……治るの？」

「治すのには、手術をしなくちゃいけないの。そうでなければ長くは生きられない。でも、それはとってもむずかしいものだって、お医者さんはいってたわ」

むずかしいと聞いて、男の子のむねがチクリと痛みました。成功するかも分からない手術を受けるのは、とてもこわいことだろうと想像したからです。そしてなにより、今まで全く見えていなかった「女の子に会えなくなる未来」が突然現れて、おそろしくなったからです。

そんな気持ちを察してか、女の子はおだやかな口調で、でもはっきりと言いました。

「大丈夫。受けないつもりなんて、ないから。たとえむずかしくても、ぜったい受けるんだって、決めてるから」

それを聞いて男の子はちょっぴり安心し、それと同時に「すごい」と思いました。

「きみは、強いね」

その言葉を聞いて女の子はすこしうつむきました。

「……強くなんてないわ。だってわたし、最初は手術を受けるつもりなんてなかったもの。あなたはわたしのことをすごい人のように思ってるだろうけど、全然そんなんじゃない。現実のわたしは、ただ手術を受けるのがこわくて、いつもにげたいと思ってた」

女の子は、両手でワンピースをぎゅっとつかみながらそこまで言い、それから力をぬきました。

「でも、夢の中であなたに会えて、一緒にいるようになってから、わたしの気持ちは少しずつ変わっていったわ。あなたはわたしの言葉を全部受け止めて、現実を変えるために努力して、そして今も最後の勇気を出そうとしてる。それなのに、わたしだけずっとにげてるのはおかしいって。そう思ったの」

女の子は、男の子の目をまっすぐに見て微笑み、そしてこう言いました。

「だから決めたの。過去にわたしを助けてくれたあなたといっしょに、わたしも勇気を出そうって」

男の子は、女の子がそんなことを考えていたなんて、思いもしなかったのでしょう。はじめはおどろいていましたが、女の子の話を聞きながら、もともとあった小さな決心を、固く、そしてもっと大きくしていきました。

「……僕、やるよ。ゼッタイに。そして、優勝する。見てて」

男の子は、力強く言いました。だから君も、がんばって。

女の子は微笑んだまま小さくうなづき、答えました。

「あなたなら、そう言ってくれると思ってた。ありがとう。ほんとうにありがとう」

女の子の目にも、涙がうかんでいます。

「手術がうまくいけば、明日の夢でまた会えるわ。そのとき、今まであなたにかくしていたこと、全部教えるね」

とつぜん、男の子の周りに、木がらしがふきあれました。そのすき間から見える女の子は、やさしく、そして力づよく微笑んでいます。

男の子は夢から目をさまし、涙をぬぐいました。そして、天井に向かってこう言いました。

『ぼくが、きみのことを必ず助けるよ』

6

僕は、もうあの夢を見ることはないのだと思う。

あのあと、転校生の女の子は別の学校に転校していくことになる。そのとき僕は約束した。君に必ず、会いに行くって。彼女と、ゆびきりをしたんだ。

彼女が引っ越した先は、僕が通う高校のある町。僕がそのあと記憶を失ってさえいなければ、いくらでも会いに行けるところにいたんだ、彼女は。

僕は唇を噛み締めながら、電車に揺られていた。

鞄の中にはあのノートと、医学書が一冊だけ入っている。

昨日かおるくんからノートを預かり、今朝見た夢で記憶を取り戻してから、僕の中ではたくさんの思いが渦巻いていた。僕の記憶は消え去っていたわけではない。ダムみたいなものに、せき止められていただけなんだ。

そのダムが決壊《けっかい》した今、僕の中では洪水が巻き起こっていた。

電車を降りて向かったのは、ある病院だ。彼女はきっと、そこにいる。

夏休み前、彼女が持っていたビニール袋。あの中身は風邪薬なんかじゃない。なんで、あれを見ても思い出せなかったんだ。

病院に着いて、受付で彼女の病室を教えてもらった。エレベーターで上がっている間、心臓の鼓動を全身で感じていた。

気が付けば、そこはもう病室の目の前だった。深呼吸をひとつして、僕はノックをする。

「……はい」

聞き慣れた、でもいつもよりもか細い声が聞こえて心の奥がチクリと痛む。僕は、ゆっくりと引き戸をスライドさせた。

「ごきげんよう、日比野くん」

彼女は、ベッドの上で上体を起こし、こちらを見ていた。まるで、僕がここに来るのを知っていたかのように。

「ごきげんよう……〝華乃〟」

僕は、下の名前で彼女を呼んだ。けれど、彼女は驚かなかった。

そして微笑み、「ごきげんよう、立樹くん」と言い直して、ベッド脇の椅子を引く。ありがとう、と言って僕は座った。

「立樹くんのこと、待ってたよ」

「……うん。本当に長い間、待たせたね」

華乃は、まっすぐ、温かい眼差しで僕のことを見ている。そこから僕は、目を逸らすことはしなかった。

「あれからだと、六年間だね」

「いくらなんでも、待たせすぎだよね」

「うん、笑っちゃうくらいに」

そう言って彼女は、「ふふっ」と笑った。

「その笑い方。昔から変わってなかったんだね」

華乃がおかしそうに目を細める。

「そうだよ。それ、小学生のときもすごく好きだった。そして、高校生の僕も、また好きになったんだ。なんだか、クリスマスを楽しみにしてる小さい女の子みたいだと思った」

「なにそれ」

僕はもう、彼女に気持ちを隠したりしない。昨日、そう決めたから。

「記憶を取り戻す前のことなんだけど、僕ね、夢の中で君に会ったとき、こう思ったんだ。『この女の子が、森下さんだったらいいのにな』って」

華乃は目を丸くして、しゃきっと背筋を伸ばした。

「本当に、私だったね」

「うん、本当に。笑っちゃうよね。あと、ゆびきりしたとき。もし自分が失ってた記憶の中にゆびきりしてるシーンがあるなら、思い出したいなって思ったんだ。嘘じゃないよ」

「知ってるよ。立樹くん、嘘が下手だもん……よかった。思い出せて」

合宿前に華乃としたゆびきりは、僕にとって二回目だったんだ。

「一回目の約束、果たせなくて本当にごめん」

「いいの。だって今、果たしてくれたもの」

六年間も待たせていては果たしたとは言えないと思ったけど、彼女はずっと待っていてくれた。

彼女は上体を倒してずいと僕に顔を近づけた。昔もこういうことがあった気がする。なんだか僕たちは会えなかった時間を埋めるために、昔に戻っているみたいだった。

「じゃあ、二回目の約束は？　合宿、どうだった？」

僕が一呼吸おいて、華乃の目を見てゆっくり頷くと、彼女はまた、背筋を伸ばす。

「試合で初めてシュートを決めたんだ」

「え、すごい！　やったね、立樹くん」

彼女は胸の前で手を握って喜んでくれた。

「相良が僕の力になってくれたんだ。もう大丈夫だよ。方向性が見えた気がするんだ」

相良のことを華乃に話した覚えはないけど、とにかくいろいろなことを伝えたくて思ったことがそのまま口をついて出てしまった。

「そっか。本当によかったね。あ、あと怪我はしてない？」

「うん、大丈夫」

よかったと笑う彼女を見ながら、どうしよう、と思った。

――話したいことが、伝えたいことが、ありすぎる。

僕は、目の前に華乃がいることに、この上ない幸せを感じていた。

こういう気持ちは、伝えなきゃ。ほら、イメージしただろう。

こういうときは、素直に言うんだって。そう決めてただろう――。

7

その結果、男の子のクラスは優勝したのでした。

そして男の子は、大なわとび大会で勇気を出してがんばりきったということ。

それはつまり、彼女の手術が成功したということ。

男の子は、また夢の中で女の子と再会することができました。

「うん、会えて本当によかった」

「また、会えたね」


そこは、海でも、空でも、森でもなく、教室でした。

「勇気を出したね、たつきくん」

女の子は言いました。

「お互いにね」

男の子もつづけて言います。

「今日はどうして教室なの？」

「ここには、見覚えがあるでしょ？」

「うん、ここはぼくの学校だ。でもぼくの教室じゃない。ひとつ上の六年生のだ」

男の子は、教室の一番後ろの席にすわり、女の子は黒板の前に立っていました。

「今日はね、お別れを言いにきたの」

男の子は、あまり驚きませんでした。これが、最後の夢になるような気がなんとなくしていたからです。

「そうだろうと思っていたよ」

「それなら話は早いわね。でも、これからする話はちょっとふくざつよ？」

「ぼくはきみと夢の中で海を泳いだり空を飛んだりしたんだ。もう、なんだって受け入れられるよ」

女の子は、笑顔になり、じゃあ、と言って話しはじめました。

「わたしは、あなたに助けられたことがあるって言ったでしょう？」

「うん。だから、きみはぼくのいいところを知ってて、教えてくれた。でも、ぼくは結局、きみのことを思い出すことはできなかったよ」

「それは無理もないわ。だって、わたしを助けてくれたのは、あなたにとっては未来のことだから」

男の子は、その言葉にこんどは驚いてしまいました。女の子は、未来から来たのだといっているのです。でも、自分が言ったとおり、その言葉を受け入れました。

男の子には彼女がうそを言うとは思えなかったのです。

「……信じるよ。きみの言葉にうそはないと思う」

「ありがとう。すなおなところも、あなたのいいところよ」

「じゃあ、ひとつ聞かせて。きみは、いつぼくに会うことになるの？」

「一年後よ。あなたが六年生のとき。場所は……」

そう言って女の子は、机を指さしました。つまり、ここ。この六年生の教室で、ふたりは会うというのでした。

「わたしは転校生としてこの学校にやってくるわ。でも、そのときわたしもあなたもこの夢のことは忘れているの」

男の子には、女の子の言葉の意味がわかりませんでした。

「混乱させてごめんなさい。でも、むずかしく考えることはないわ。あなたは、あなたのままでいてくれたらそれでいいの。それだけでわたしはきっと、救われる」

「ぼくは、ぼくのまま……」

「あなたは、私という誰かのために、自分の可能性を見い出して、さいごには勇気を出して私を助けてくれたわ。あなたが大なわとび大会をのりこえた、その三つの力で」

「それは、きみが教えてくれたおかげだよ。本当にありがとう。ぼくは未来できみのことをかならず助けるって、約束する」

男の子は立ち上がり、女の子の目の前へと進みました。そして、小指を立てた手をさし出します。

すると女の子はちょっとこまった顔をして、「やくそくしても、わたしのことを忘れちゃうのよ?」と言い、それから、笑顔で、小指をそれにからませました。

ゆびきりげんまん。

そのときでした。まどのすき間からたくさんの桜の花びらが風にのって入りこみ、ふたりを包みました。

ふたりは指をつないだまま、笑顔で見つめあっています。

「またね」

ふたりの声が、かさなりました。お互いの姿がたくさんの花びらで一瞬見えなくなったと思うと、そこにはもうふたりはいませんでした。

男の子は、目を覚ましました。そして、女の子も。

ふたりは、見ていた夢のことはなにもかも忘れていました。

でも、たしかにふたりは同じ世界に生きています。そして……。

ふたりは、出会うことになります。桜が咲きほこる季節に、あの教室で——。

第四章　ふたりの宝物

1

——すごく、きれい！　このびじゅつかん。なんか『ゆーふぉー』みたい！

——とってもひろーいおにわだね、おとうさん、おかあさん。

——ねえねえ、あれみて！　あのこのえ、とってもじょうず！

——じょうずだね！　わたし、えがへたっぴだからうらやましいなあ。

——みせてくれてありがとう。またあおうね。ゆびきりげんまん——


小さい頃の、夢を見た。

私は重い病をかかえて生まれてきた。赤ん坊の頃にした手術で一命は取り留めたものの、呼吸器系にさまざまな後遺症《こういしょう》が残ってしまった。

それにより私は激しい運動はできなくなり、ちょっと早歩きをしただけでも息が切れたり、咳が止まらなかったりした。

肺に穴が空いてしまう『気胸《ききょう》』を発症することが時々あり、呼吸器系の感染症《かんせんしょう》にも人一倍かかりやすいので、いつでも入院できるように私たちは大きな病院のある町に住んでいた。

夢は、私が四歳だった頃、お父さんとお母さんと初めて旅行をしたときのものだと思う。あまり覚えてはいないのだけど、病状が少しよくなったため、遠出が許されたらしい。

見るものすべてが新鮮で、とても楽しかった記憶がある。旅の終わりに、ふと見つけた公園に寄った。そこにいたのは、絵がとっても上手な男の子だった。

それからは、ずっと同じ町にいて、入退院を繰り返していた。

小学五年生になる頃からお父さんは単身赴任《たんしんふにん》で家を空けた。赴任先は四歳の頃に旅行で訪れた町だ。美術館や日本庭園など、美しいものがたくさんある。私は、そんな町で働けるお父さんを羨ましいと思っていた。

また病状がよくなり始めたのは、小学六年生になって数か月経ったあとだった。しばらく気胸も感染症も起こらず、安定して過ごせるようになっていた私は、「お父さんのいるところに行きたいな」と口にした。

お母さんは反対すると思っていたけれど、予想に反して同意してくれた。さらに、「私たちもあっちに引っ越しちゃおうか?」なんて口にした。冗談で言っているのかと思ったけどそうではなかった。お母さんは、目を輝かせて旅行を楽しんでいた私の姿が忘れられなかったのだそうだ。

あの町は静かで、でも活力に満ちていた。古い町並みも残り、伝統工芸や日本古来の食文化も継承されている。私も、楽しかった記憶しかない。そんな町で暮らせると思うと、ワクワクした。

こうして、私はあの町の学校に転校することになった。黒板の前に立って挨拶をしているとき、一番後ろの席に座っている男の子と一瞬だけど目が合った気がした。そのとき、なぜか私は彼のことを知っている気がした。眼鏡の奥に見える、その澄んだ瞳の輝きに見覚えがあった。

クラスメイトは転校生というめずらしさから、私にたくさん話しかけてくれた。でも、それも、初めの数日だけだった。

私は昔から身体だけでなく、気も弱かった。それもみんなが離れていった原因のひとつだろうけど、今考えると六年生の女の子が好きそうなものの知識が足りなすぎたのが一番大きいと思う。

入退院を繰り返していたから流行りを知る機会がなかったし、絵本ばかり読んでいてそういうものには疎《うと》かった。

それに、明るく笑顔で話しかけてくるクラスメイトの会話には、スピードがあった。対して私の声は小さくて、しゃべるのも遅い。するとどうしても、会話のテンポが悪くなる。私の返答を待つ間、彼女たちの顔がだんだんとひきつっていくのがわかった。そうなると私は、さらに焦って口をどもらせる。

私がいると、彼女たちは会話のペースを崩すことになる。彼女たちが私に話しかけたくなくなるのも、無理はないと思う。

運動制限のせいで、みんなと一緒に外遊びもできなかった私は、休み時間中ひとりぼっちでいるようになった。

でも、私には、友達の代わりがいた。それは、子どもの頃からお父さんとお母さんが読み聞かせてくれた絵本だ。その世界に浸ることが、私にとっての幸せだった。ページをめくると、美しい絵に引き込まれた。お気に入りのものは、何度読んでも飽きることはなかった。読み返すごとに、新しい発見があったから。

絵の中の工夫。登場人物の気持ち。絵本全体からにじみ出ている作家さんからの温かいメッセージ。私はどんどん夢中になっていった。

それに絵本は、私のペースに合わせてくれる。ときにはぐいぐい引っ張ってくれるし、ときには立ち止まる私をじっと待ってくれていたりする。誰ともうまく話せない私にとって、絵本を読む時間はとても大事なものだった。

それに、この町には絵本を専門に扱う本屋や、古本屋さんも多くある。公園もあり、本を探したり読んだりして物語に親しむ場所には困らなかった。

そんな生活をしていたものだから、私が物語を読むほうだけではなく、書くほうにも興味を持つのは必然的なことだった。

＊　＊　＊

どんなお話を書いてみようかな、と想像を膨らませている頃、私は奇妙《きみょう》な夢を見るようになる。絵本の読みすぎだろうか、と思うような内容だった。

その夢の中で私は、高校生だった。そこまでは、まだいい。未来の夢を見る人もいるということは聞いたことがあった。

でもそれだけじゃない。私はなんと、男子高校生だったのだ。健康的な身体を持ち、体力もある。私が苦手な絵だって上手だ。なにもかも今の自分とはかけ離れていたし、性別まで違うことには驚いた。

でも、その夢は私にいろんなものをもたらしてくれた。断片的《だんぺんてき》だったけれど、つながりのあるストーリーだったのだ。眠って夢の中に入れば、あ、これは夢の続きだな、とわかった。夢を見ている間、私は『森下華乃』であることを忘れていた。完全に、その男子高校生になりきっていたのだ。

夢の中の私には、両親がいなかった。交通事故で失ったらしい。それだけでも悲しいことなのに、さらには記憶の一部も失っていた。しかし希望を失うことなく、おじいちゃんと一緒にふたりで暮らしていた。

私は、その夢の中で恋する乙女、ではなく恋する男子だった。隣の席の、眼鏡をかけた女の子のことがすごく気になっていたのだ。

私たちは、少しずつ距離を近づけていった。彼女は、私と同じく絵本が好きな子だった。彼女は私に、彼女が作った素敵な物語を教えてくれた。こんな話を作り出せるなんてすごいと感動した。

そして、私が絵が得意だということを彼女に知られることになった。公園で幼い男の子と一緒に絵を描いていたところを見られたのだ。親の顔もわからないけれど、その男の子とは前から一緒に絵を描く間柄だったようだ。そんなときに彼女が突如現れ、絵を褒めてくれて、自分の物語の絵を描いてほしい、と誘ってきたのだ。

その日から、彼女がノートに物語を描いて私がそれに絵を描く日々が始まった。

原作者と絵本画家のような、共同作業。その時間は充実していて、私はとても楽しそうだった。現実の私は絵が苦手なのに……。もしかして、男の子に生まれていたら上手だったのかな？

私は、彼女が作る物語に元気付けられていた。男の子が、夢の中で女の子に自分の素晴らしいところを教えてもらって、現実でそれを活かしてがんばるというお話。夢に出てくる動物たちは、みんな心が優しかった。

＊＊＊

夢から覚めると、私は必ずその内容をノートに記録した。そして日中も、その夢のこと、物語のことで頭をいっぱいにした。

気付けば私は、授業中にも関わらずその物語をノートに書き記していた。日差しが降り注ぐ海や、綺麗な夕焼け空、月が美しい夜の森を想像しながら。

いつか絵がうまくなったら描きたいと思って、ノートの左側にだけ文章を書いた。

それはすごく、楽しい時間だった。

でも、そんなことばかりして人と関わることから逃げていたのが悪かったのだろうか。私の存在はどんどんクラスから浮いていった。

相手のことが気に食わないのなら、気にしないようにするのが一番だと私は思うのだけど、それは少数派の意見のようだ。多くの人は、特に残酷《ざんこく》な子どもは、気に食わない者を意図的に排除《はいじょ》しようとしたり、攻撃を仕掛けたりしてしまう。その病的な行動が私には理解しかねた。

　次第に私は、いじめの標的になった。とは言っても暴力的なものではなく、ものを隠されたりする程度だったけれど。それも特に探そうとしなくても、次の日にはふとしたところで簡単に見つかる。だから大して私は気にしてはいなかった。ただ、私にはあの物語があるからいい、と思っていた。

　でもあるとき、その物語を書いていた大切なノートが盗まれてしまった。私はとても傷ついた。机やロッカー、ランドセル、下駄箱と、いろんなところを何度も探したけれど、見つからない。そのときばかりは、次の日になっても出てこず、私は途方に暮れていた。

2

夢の中で私は、絵を描くことだけでなく、サッカーにも一生懸命取り組んでいた。女の子が教えてくれる物語から、ヒントをもらいながら。

最初は試合に出ることすらできなかったのに、私は少しずつサッカーがうまくなっていった。

女の子との距離はだんだん縮まり、一緒に美術館や日本庭園を見て回ったりもした。とても、楽しい時間だった。

ノートがなくなってしまってから一週間ほどたったある日。私は、机の中にノートの切れ端が入っているのを見つけた。そこには、【としょしつ　みぎおく　ほんだないちばんうえ　はしっこ】と書かれていた。

新手のいたずらだろうか、とも思ったけれど、なぜかその字からは人を騙そうとするような悪意を感じなかった。とても丁寧で、繊細《せんさい》な字。はねやはらいが力強いけれど、少し小さく、どこか丸っこくもある。男子の字にも、女子の字にも見えた。

早速私は図書室へ向かった。右奥の本棚。一番上。その端っこ。メモを見ながら探してみると、そこには周りの本とは明らかに違うものがあった。

背表紙が見えないし、なにより薄い。

手に取ってみると、それは私のノートだった。私は嬉しくて、小さく跳び上がる。

私の勘は当たっていたようだ。このメモを書いてくれた人は、やっぱり悪い人じゃない。心の中でその誰かにお礼を言うと、私はノートの中身を確認した。落書きなどされていないことを祈りながら。

そしてその瞬間――。

私は思わず「えっ」と声を上げた。

落書きではない。落書きと言えるレベルではない。ノートの右側には、息を飲むほど美しい絵が描かれていたのだ。


それから私は、ノートに物語の続きを書くと、もとあった図書室のあの場所に戻すようになった。

そして数日経って見に行くと、そこには新しい絵が描かれている。それだけのことだけど、私はすごく嬉しかった。

誰かはわからない。でも、絵を描いてくれたということは、少なくともこの物語に共感してくれている人ということだと思う。

物語だけでなく、私自身も肯定されている気がして、心がぽかぽかした。この人と話をしたい。日に日にその思いは強くなっていった。

さらにその絵は、私が夢の中で描いていたものによく似ていた。もしかしたらこの絵を描いてるのは、夢から出てきた私なんじゃないだろうかと想像したりもした。

けれどその正体は、案外すぐにわかることになる。

ある日の図工の時間、私はあまり目立たないように注意しながらクラスメイトの絵を盗み見た。そしてひとりのクラスメイトの絵に目が留まる。

それは、日比野立樹くんの絵だった。ひと目でわかる。優しく語りかけてくるような絵。間違いない。

彼は、真剣な眼差しで、でも口元には穏やかな笑みを浮かべてキャンバスに向かっていた。力まず自然に筆を握るその姿勢が美しいと思った。

私は、図工が終わったあとの休み時間に、彼に話しかけた。普段は、そんなこと絶対にしないのに。あの絵を描いた人を見つけられたという興奮からだと思うけど、そういった行動を自分から起こしていたことに、私自身が驚いていた。

「日比野くんって、絵がうまいんだね」

ノートのことは聞かなかった。でも、私の意図は伝わるようにしたつもりだ。

「あ、ありがとう……」

彼は驚いたようにそう言ってぺこりと頭を下げると、早足で洗い場に去っていった。

私は、確信した。やっぱりあの絵は、日比野くんのものだと。

そんなことがあってから私は、彼のことをいくらか注意深く見るようになっていた。

もちろん気付かれないように、そっと。

そこでわかったことがあった。彼は時々、昼休みに友達に『ちょっと委員会の仕事があるから』などと言って教室を出ていくことがあった。距離を取りながらついていくと、彼が向かった先は図書室だった。そして、その日の放課後にノートを見ると、絵が増えている。

またあるとき、朝、たまたま彼の姿を見たことがあった。学校に行くには早い時間に家の窓から歩いていくのが見えた。さすがについていくことはしなかったけど、彼がなぜこんなに早く学校に行っているのかはすぐにわかった。

朝早く彼を見かけるのは、決まって私がなにかものを隠された次の日。そして私が登校すると、私の目に届きやすいところでそれは見つかる。

どうして彼は、私にそこまでしてくれるんだろう。

いじめられている人を助けたりなんかしたら、今度はその人がいじめられるかもしれない。自分が仲間外れにされる危険性だってあるのに、なんで……。

3

その頃見る夢の中で、私は公園で女の子に物語が書かれたノートを渡していた。部活の夏合宿が始まる二日前のことだ。

私は、彼女の物語のおかげで、誰かのためにがんばりたい気持ちが芽生えたこと、自分の可能性を見つけられたことに対して感謝の言葉を伝えた。

すると彼女は喜び、合宿に役立ててほしいと、物語の続きを少しだけ教えてくれた。

そしてふたりはゆびきりをして、合宿後にまた会う約束をして別れた。

＊＊＊

夢でも現実でも、私はふたりで絵本を作るということをしていたけれど、現実の夢とは大きく違うところがある。

それは、物語を描く人と絵を描く人が公認の間柄ではないということ。私も、夢の中のように、この物語の話を一緒にしたい。気持ちを共有したい。

その思いを止められず、私は勇気を出して彼にもう一度話しかけた。公園でゆびきりをした夢を見た、翌日のことだ。

「日比野くんの絵、すごく素敵だね」

言っていることは前と大して変わってないけれど、状況が違う。

昼休みの図書室。私は、彼が絵を描いているそのときを狙って、彼に話しかけたのだ。彼は、私が書いた物語の隣のページに、前のめりになって描いていた。よほど集中していたのだろう。声をかけるまで気が付かなかった彼は、前傾姿勢のまま首だけ上げ、ポカンと口を開いていた。

「あ、ありがとう……」

そして、数秒硬直したのち、小さな声でそう言った。その反応も、前と変わらない。でも、今日は逃げたりはしなかった。

「これは、絵本？」

私は、彼の隣に座り、知らないふりをして尋ねる。

「うん。でも、僕が描いてるのは絵だけなんだ。物語は、誰かが書いてる」

ふーん、と私は答えた。

「誰が書いてるかわからないの？」

「そうなんだ。でも、この物語はすごく好きだよ。書いてる人はきっと自然や動物、それに物語そのものが大好きな人なんだと思う。あと、すごく優しい人だ。争いを好まず、人から攻撃されたとしても決して反撃したりしない。相手のことを思いやれる人だと思うんだ」

彼は、物語を書いているのが私だと気付いているはずだけど、あくまでも気付いてないふりをするようだ。やっぱり彼は、人を騙したり嫌がらせに便乗する才能がないのだと思う。

これには私も照れてしまった。そんな風に思ってもらえていたなんて。恥ずかしくて、でもとても嬉しい。

「それにこの物語は、僕にとっては他人事には思えないんだ。だから僕は、この物語に絵を描きたいと思った」

この言葉を聞いて、私はずっと聞いてみたいと思っていたことを尋ねてみた。

「じゃあ……その人が、誰か知りたい？」

「え？　……う、うん。そりゃ知りたいけど、どうやって知るの？　名前も書いていないんだし、その人も知られたくないのかも……」

彼は、少なからず動揺している様子だった。もしかしたら私がここで「それは私だよ」なんて言うと思ったのだろうか。

気付いていないふりをする日比野くんの前で、直接そうは言えなかったけど、私には考えがあった。

「簡単だよ。ノートの持ち主に書いて聞けばいいんだよ。表紙に【だれ】って書いてみて。その人が教えてくれる気になったら、それに答えてくれるはずだよ」

「な、なるほど……」

彼は、ゆっくりとした動作で、表紙に小さく【だれ】と書いた。

私は彼の素直さに思わず「ふふっ」と笑うと、その【だれ】に続けて【かの】と書いた。彼はその様子をぽかんと見ていて、そしてわざとらしく笑う。

そう。【だれかの】。

これは確かに誰かのものだ。私たち以外にはそういうあいまいなニュアンスしか伝わらない。

でも、私たちにとっては特別な言葉だ。なぜならこれは、彼と私が勇気を出してお互いに歩み寄った、大切な証なのだから。

4

それから私たちは、友達になった。立樹くんは、私のペースに合わせてしゃべってくれた。そもそも、彼自身もあまりしゃべるのが早くはなかった。

ノートを交換する方法はあいかわらず図書室に隠すという方法だったけれど、お互いの物語と絵はしっかりと相手に届いている。なんだか夢の中の自分に、近づけた気がした。立場は、逆だけれど。

あるとき私は、彼に『私がものを隠されたりすると次の日わかりやすいところに置いてあったりするんだけど、これは誰がしてくれてるんだろうって気になってるんだ』とカマをかけてみたことがある。

彼は困った表情をしてから、『持ち物に【だれ】って書いとけばその人も答えてくれるんじゃないかな』と冗談ぽく言った。

そこまで言ってはぐらかそうとするのか。そう思って私は少し呆れたけれど、それよりも彼が私に冗談を言ってくれたことが嬉しかった。なんだか、心を開いてくれているみたいで。

私たちは、人目につかないときを選び、図書室でよく物語の話をした。

そしてあるとき私は、いつも書いている物語は今見ている不思議な夢がもとになっている、という話をした。

するとと彼は興味を示したようで、『詳しく知りたい』と言ってきた。でも、学校では十分に話せる時間はとれない。

そこで私たちは、【だれかの】ノートを持って放課後に公園で待ち合わせることにした。お互いの家が近所だということはもうわかっている。

私にとって友達と待ち合わせをするのは、初めての経験だった。

彼のほうが来るのが早かったようで、すでに公園にいた。私はドキドキしながら手を振ってみた。彼も、振り返してくれた。

ノートは、立樹くんが図書室から持ってきてくれた。ベンチにふたりで座ると、彼は新しく描いた絵を見せてくれた。白鳥が、シベリアの上空を悠々と飛んでいる絵。

夕焼け空が本当に綺麗で、毎回感動している私がいる。

「ありがとう。白鳥の表情がすっごく素敵だね」

私がそう言って足をばたつかせると、彼も嬉しそうだった。

それから私は、彼にあの奇妙な夢のことをゆっくりと話した。彼は私の遅い口調に苛立ったりせず、興味深そうに何度も頷きながら話を聞いてくれた。それが、なにより嬉しかった。

彼は、女の子の私が夢の中では男子高校生になっていることを知っても、なぜか全然驚いていなかった。彼も、夢の中で性別の違う自分になったことがあったりするのかな。いや、ただ単に、立樹君は人一倍優しくて、包容力があるからなのかな。

＊＊＊

その頃、私は夢の中でサッカーの合宿に行っていた。合宿中、初めて試合でゴールを決めて自信をつけていた。

そして合宿から帰ってきた翌日、あの女の子と会う約束をしていた。ゴールの報告をしようと意気揚々《いきようよう》と公園に向かうのだが、女の子はそこには現れなかった。私は、もう彼女に会えなくなるのではないかと不安になった。

代わりに、以前も一緒に絵を描いた男の子から彼女の伝言を聞くことができた。彼女から預かっていたというノートも見せてもらうことになる。

伝言は、『約束を守れなくて、ごめん』と『私の今の居場所は、あなたなら自分で気付けるはず』というものだった。

どういうことだろう？　そう思いながら、ノートを受け取るところで夢は終わってしまった。

そのノートの表紙には、【だれかの】と書かれていた。この物語のタイトルを女の子から聞いたことはなかったけど、これが題名なのだろうか。たまたま、日比野くんと私が書いたものと同じ言葉だったので、すごく驚いた。

＊＊＊

そんな夢を見た翌日、事件が起きた。

昼休み中、私がお手洗いから教室に戻るとき、教室の中がなにやら騒がしくなっていることに気が付き、速足で教室に向かう。嫌な笑い声が聞こえるので、誰かがからかわれているのでは、と思った。しかし入口から見た光景は、私の想像を超えていた。

「なあなあ見ろよこれ。図書室の本棚に反対になって入ってたんだけどよ」

「どれどれ？　……なんだか絵本みたいだな」

「タイトルは【だれかの】？　変なの！」

「誰だよ、自作の絵本なんて。ださいよな」

ギャハハハ、と下品な笑い声が教室に響く。そうやって話す男子たちの手には、案の定、私たちの【だれかの】と書かれたノートが握られていた。彼らは、私をいじめていた人たちだった。

私は教室のそんな状況に、愕然《がくぜん》とした。怒り、悲しみ、そして悔しさ。いろんな思いが渦巻く。

男子たちは、回してそれを読んでは、大笑いをしていた。

私がいじめられたり馬鹿にされるのは、いい。実際、私は物語を読むことしか能のない人間だ。

でも、彼は違う。いじめに困る私のことを助けてくれる優しさがあるし、彼が描く絵には見る人を幸せな気持ちにする力がある。それ以外はちょっと不器用なところがあるけれど、それが彼のよさでもある。

その絵を描き始めたときだって、きっともう私の物だってことには気付いていたはずだ。それをわかって、私に理解者がいるんだよというメッセージを伝えるつもりで描いてくれたんだ。その気持ちに私は気づいていた。立樹くんがいたから、私は心が折れることなく、学校に来れた。それなのに……。

そんな大切な、立樹くんの絵を、馬鹿にするなんて、許せない――。

「やめろっ！」

私が発した言葉ではない。でも、その言葉は、私の心そのものだった。

怒りに震え、でもどうすることもできずに入口で立ちすくんでいた私の背後から聞こえた、とても大きな声だった。教室が、一瞬でしん、と静かになる。

振り向くと、そこには立樹くんがいた。いつもの穏やかな顔ではない。全身を震わせ、口は一文字に閉じられている。その様子から、彼が私と同じ気持ちでいることがわかった。許せない。絶対に――。

その姿を見て、私の目からは自然と涙があふれた。きゅっと胸が苦しくなって、私は膝から崩れ落ちた。

「なんだあ、立樹。もしかして、お前が描いたのか？　これ、おもしれーな！」

ノートを持っている、体の大きな男子が口を開くと、周りの男子もまた騒ぎ出した。

彼の言う『おもしろい』は、明らかに褒め言葉ではない。馬鹿にしているのだ。

――その瞬間。

「返せっ！」

……彼が。あの立樹くんが、身体の大きな男子に強烈な体当たりをしていた。

誰もが、目を疑った。もちろん、私も。体当たりされた男子も。

不意をつかれた彼は、あお向けにひっくり返った。勢い余った立樹くんもそれに覆いかぶさり、ノートにしがみつく。

「なにすんだ……よっ！」

大柄の男子は、仰向けのまま立樹くんを思い切り殴った。ごん、と鈍い音がする。

彼のかけていた眼鏡が宙を舞い、カシャンと音を立てて落ちた。

私は、思わず目を覆いたくなった。しかし、私が目を背けちゃいけない気がした。殴られても、彼の細い腕はノートから離れていなかった。

「かえ……せぇっ！」

また、叫ぶ。叫びながら、殴られながら、彼はノートにしがみついている。

でも、体格差がありすぎる。このままでは危ない。

自分はどうなってもいい。そう思って止めに入ろうと思った瞬間、彼が思いもよらないひとことを叫んだ。

「これは、僕らの宝物なんだっ！」

その瞬間、じん、と熱いものが込み上げ、私の視界は涙でいっぱいになった。それと同時に、先生が駆け込んできた。

「やめなさいっ！」

歪んだ視界で、彼は先生によって男子から引き剥がされていた。手には、あのノートがしっかりと握られている。

それを最後に、私は前を見ることができなくなり、手で顔を抑えて泣き崩れた。

5

私たちの別れは唐突に決まった。

理由はシンプルだった。私の病状がまた悪化したから、病院の近くに引っ越すため。

もちろん、立樹くんにそれを一番に伝えた。と言ってもほかに伝える人なんていないのだけど。

彼は、じゃあそれまでに絵本を完成させなきゃね、と笑顔で言った。

あの事件があってから、クラスメイトは私だけでなく彼からも離れていった。

私は、彼に申し訳ない気持ちでいっぱいだった。でも、私が謝ると彼はこう言った。

『華乃は、なにか悪いことをしたの？　してないでしょ。だから、謝らないで。それに、華乃のことを悪く言う人のこと、僕は好きじゃない。だからいいんだ、これで』

立樹くんの言葉には不思議な力があった。私のことを包み込んでくれるような温かさ。そしてそれは、笑顔にも。本人は自覚がないようだけれど、普段は無表情が多いから、笑顔を見せてくれたときの喜びは大きい。

私たちは、残された時間を惜しむようにできるだけ一緒にいて、たくさん話をした。

立樹くんと一緒にいると、時間はあっという間にすぎていった。

そんな中で彼が絵本が好きだということを知ったときは、嬉しくてわくわくした。私は、彼が小さい頃からどんな絵本を読んできたのか、知りたくてしょうがなかった。立樹くんが、どうして今の立樹くんのように素敵な人になったのか。そのヒントが、そこに隠れている気がしたから。

特に印象に残っているのは、彼のお気に入りの絵本の話。幼い頃の彼は〝絵本を使って家族と交流するプロ〟だと、話を聞いて思った。

「今はさすがにもうやらないけど。きっと僕は甘え上手だったんだと思う」

絵本のタイトルを聞いたけど、読んだことがないものだった。とにかく早く読みたくて、書店に急いだ。そのせいで咳がしばらく止まらなくなったのを覚えている。

帰って、布団の中で彼が好きだと言った場面の絵をじっと眺めていた。ふと気付くと、彼が私のために穴を作って入れてくれるところを想像している自分がいた。急に恥ずかしくなり、布団をかぶった。

『きみといっしょにいられるだけで』は、それ以来、私にとってもお気に入りの一冊になった。

先生には、『クラスメイトには転校のことを当日まで言わないでください』と頼んだ。必要以上に波風を立てたくなかったから。

その日は、あっという間に訪れた。立樹くんと過ごした時間が加速装置になったみたいに、それ以外の時間もビュンビュン過ぎていった。彼がいなかったら、まだ私は一週間前くらいにいるのかもしれない。

クラスメイトは、特に驚いてはいなかった。ああ、やっと目障りなのがいなくなる、という感じだろう。まったく関心がないような彼らの目を見たとき、この人たちはこれからも新しい誰かを標的にしていじめをするのだろうか、とそんなことを思った。誰かをいじめることでしか弱い自分を守れないのは、すごく悲しいことだと思った。私の病気なんかよりも、ずっと。

その病気のような心は、誰が治せるんだろう。みんなが、立樹くんのようだったらいいのに、と心の底から思う。

せめて次の転校先にいる人たちが、その病気にかかってないといいな。

放課後、私たちは公園で会った。また、彼のほうが早く着いていた。今度は、立樹くんのほうから手を振ってくれた。立樹くんの少し寂しげな笑顔を見て、私も胸が苦しくなった。もうすでに、寂しい気持ち、お別れしたくない気持ちでいっぱいだった。でも、なるべく明るい笑顔を作って前より大きめに手を振って彼のもとへ向かう。ベンチに座ると、彼はあのノートを取り出して私に渡した。

「終わったよ」

「うん、ありがとう」

彼は、最後の絵を描き終えて、持ってきてくれた。私たちの絵本が、完成したのだ。

最後は、教室の絵。女の子と男の子の、別れのシーンだ。

教室の中に舞い込む桜の花びらが、それはもう、息を飲むような美しさだった。全体的に明るく、淡い色が使われていて、その分、桜の鮮やかな桃色が際立っている。

男の子も、女の子も、すがすがしい顔で向かい合っていた。

ふたりだけの、美しい世界。その一瞬を切り取った絵だ。

「ありがとう。本当に素敵。言葉にならない」

私は、目頭が熱くなるのを感じた。

「僕も、この物語に出会えて本当によかったよ。ありがとう」

彼は、また笑顔を見せてくれた。

「このノート、私が持っていてもいいの？」

「もちろん。それはもともと、華乃のだよ」

「でも、もうふたりのだよ」

「ふたりの……そうだね、そう言ってもらえるとすごく嬉しい。でも、僕は絵を描いただけだ。それに、ノートの表紙を見てよ」

私は、表紙に目をやる。

「【だれかの】って書かれてるでしょ？　この絵本は、誰かのものなんだ。僕はそれでいいと思う」

彼は今まで見たこともないような真剣な表情で私を見た。そのまっすぐな瞳に、なんだか胸がドキドキした。

「僕はこの物語を読んで勇気をもらったよ。同じように、この物語を読んで救われる誰かが世界中にいると思うんだ」

そして彼は言った。これは、『誰かのための物語』だ、と。

「僕の絵はまだまだだけどさ、たくさん練習してうまくなるよ。そしたら、もう一度華乃の物語に絵を描かせて。そしたら、コンクールに応募しようよ。たくさんの人に読んでもらえるようにさ」

彼の勢いに押され気味になりながらも、私は嬉しい気持ちを抑えられなかった。あんなに胸が高鳴ったのは初めてだ。

「誰かのための物語……」

彼が言ったその言葉をただ私は小声でつぶやいた。

確かにそうだ。私は、夢であの女の子から教えてもらった物語を書き写したにすぎない。これは、私の物語じゃない。これは、誰かのためにあるものなんだ。

「夢の中で女の子は、未来から来たって言ってたよね。そして、『未来で私はあなたに助けてもらうことになる』って言われたって」

「うん、そう言ってた」

「誰かの助けになるときは、どんな人にでもいつか訪れると思うんだ」

私はそのとき、立樹くんの言おうとしていることが理解できた気がした。

「それはつまり、主人公は、読んだ人全員っていうこと？」

「うん。少なくとも僕は、そうだと思ってる。華乃が夢の中で出会った女の子がこの物語の作者なんだとしたら、彼女はこの物語の続きは自分で作ってくださいっていうメッセージを、君に伝えたかったんじゃないかな」

立樹くんの言葉には、説得力があった。それは、いつになく力強く語る彼の言い方によるものでもあるけど、一番の理由はきっと――。

なぜ私は、このことに今まで気が付かなかったんだろう。

「……立樹くんはもう、この物語の続きを自分で作っちゃったもんね」

「え？」

彼は綺麗な目をぱちくりさせ、眼鏡の位置を直していた。私は、立樹くんと今まで過ごしてきた時間を思い返しながら話を続ける。

「だって立樹くんは、私っていう誰かのためにがんばろうとしてくれたし」

私へのいじめを見てきっと、なんとかしようと思ってくれた。

「自分の可能性を見つけて、できることをやってくれたし」

私の物語だと知ってこっそりと絵を描いた。僕はこの物語が好きだよっていうメッセージを伝えるために。また、隠されたものを探して私のわかるところに置いてくれた。絵は得意なのに不器用で、バレバレだったけど。

「最後には、勇気を振りしぼってくれたし」

ノートを奪い返すために、大きな相手に立ち向かってくれた。そのときの『僕らの宝物』と言う叫びが鮮明に残っている。そう言ってくれたとき、私の心は本当に救われた。自分より大きい相手を目の前にしながらも、勇気を出してふたりの名誉を守ろうとしてくれたことが本当に嬉しくて、私は泣き崩れたのだ。

「だから本当にありがとう。立樹くん」

立樹くんが、どうかこの立樹くんのままでいてくれますように。不器用だけど、誰よりも優しくて、勇気があって、すごい力を秘めてる。そんな、彼のままで――。

立樹くんは、恥ずかしそうに下を向いていた。

「……じゃあ、立樹くんがまた絵を描いてくれるの、楽しみにしていてもいいの？」

その言葉に彼は、顔を上げる。そして、真剣な目をして大きく頷いた。

「もちろん。約束するよ」

「ありがとう。それともうひとつ、いいかな」

「なに？　なんでも言って」

「これからは、入院することになるの。だからその、できたらでいいんだけど、一度でいいから会いに来てほしいんだ」

彼はまた頷く。今度は小さくゆっくりと。とても優しい笑顔で。

「何度だって会いにいくよ」

「よかった……じゃあ、あれ、しない？」

彼は一瞬首を傾げたけど、すぐに「あ、あれか」と言って手を差し出した。それで通じたことが嬉しくて、私もすっと手を差し出す。

「ゆびきりげんまん」

今この瞬間、鏡のように私たちは同じように穏やかな笑顔を浮かべているんだろう。私の手元にある立樹くんの絵のように、この時間を止めて、一生美しい思い出として心のアルバムにしまっておきたい。そんな気持ちになった。きっと、その思い出に浸っている間は、つらい病気のことでさえも忘れてしまうだろう。

こんなに温かい気持ちでゆびきりができた私は、本当に幸せなんだと思う。

6

しかし、あのゆびきりの約束は果たされることはなかった。

少し前に見た夢の中でも、同じような気持ちになったっけ。約束をした公園に、女の子が現れなかったとき。

その後の夢で私は、病院で彼女と再会することができた。彼女は私に隠していたけれど、ずっと病気だったのだ。

彼女が治るためには手術が必要で、成功率は高くはなかった。それは、彼女が教えてくれる物語の展開と似ていた。だからそこで私は、物語の男の子と同じ行動をしたのだと思う。

それは、勇気を出して一緒に戦うということ。物語の中の男の子は、大縄跳び大会で優勝することを約束して、『一緒にがんばろう』と言った。

私は、サッカーの全国大会への切符を勝ち取ることを約束して、女の子は、勇気を出して手術を受けることを約束した。

夢はその後数日で終わりを迎えた。目が覚めたとき、『今ので夢が終わったんだな』と確かな感覚があった。そして、私の頬は涙に濡れていた。

それが、ちょうど入院してからもうすぐ一カ月が経過するというときだった。

現実での私は、一カ月間、病院で立樹くんが来るのをずっと待っていた。しかし、彼は会いにこなかった。彼が簡単に約束を破ったりするはずがない。なにか、会いに来られない特別な事情があるんだと思った。

入院生活も初めのうちは『いつ、立樹くんが会いにきてくれるかな』とわくわくしていたけれど、その気分もだんだんと落ち込んでいった。それと連動するかのように、私の病状も悪化した。病は気から、という言葉があるけれど、それは本当だと思った。手術が必要になったけれど、そのときの私は受ける勇気が出せず、ずっと先送りにしていた。それに、この手術で病気が治るわけではない。ただ、危険な状態を脱するためのもの。

立樹くんと会うことができないのなら、生きていてもしょうがないとも思っていた。そのうち私は、学校に通うこともできなくなった。転校先の人たちが私をどう思っているのかは知る由もなかった。そして、彼が今、元気でいるのかも。

私は【だれかの】ノートを見るのがつらくなって、それをお姉ちゃんに預けた。お姉ちゃんは、『とっても素敵な物語と絵ね』と言ってくれた。大事にとっておくから、また必要になったら言うのよ、とも。

私は、それからずっと病院で過ごした。病室の窓から見える景色が、そのときの季節を教えてくれた。少しずつ伸びていく身長や髪も、私にゆっくりとした時間の流れを感じさせた。

加速装置も、もう作動しない。

――立樹くん、元気かな。あのときと変わらない、優しい彼でいてくれているかな。

時折彼を思い出しては寂しい気持ちを募らせていった。


お姉ちゃんに絵本を預けてから、私はまた夢を見るようになった。

でも、その内容を覚えていない。ただ、起きた瞬間の気持ちは、絵本を読んだあとの気持ちに似ていた。

物語に浸っていられたことの嬉しさ。また、誰かを応援しているときのような気持ちもあった。今は自分が応援される側にいるような状況なのに。

そんな不思議な感覚だけが残っていた。少なくとも、今まで見てきた男子高校生になる夢ではない。その夢は、やはりもう終わったのだ。

そんなある日、目が覚めた私はそばにいてくれたお母さんに、突然こんなことを言った。

――私、手術受けるよ。

お母さんは、突然の変化に驚いていたけれど、私が決心したことを喜んでくれた。

どうしていきなり手術を受ける気になったのかはわからないけれど、私はあとでこう思った。きっと立樹くんが夢に出てきて励ましてくれたのだ、と。

それ以外に、理由が思い浮かばなかった。夢の内容も、覚えていられたらよかったのに。

手術は、無事に成功した。このとき、私はもう中学生になる年齢だった。

その手術のあと、私にはさらに嬉しい報告があった。お姉ちゃんが、結婚するというのだ。


それから月日は過ぎ、病院での生活は五年目に突入した。

お姉ちゃんは、結婚後すぐに子どもを授かり、かわいい男の子を出産した。『かおる』と名付けられた私の甥っ子は、すくすくと成長し、時々病院にいる私にも会いに来てくれた。大きくなった彼の姿は、私が夢の中で一緒に絵を描いていた男の子とよく似ていた。

そう思ったら、どうしてもあの物語をかおるくんに聞かせたくなった。

私はお姉ちゃんに頼んで、預けたノートを病院に持ってきてもらい、病室でかおるくんに物語を読み聞かせた。

かおるくんが立樹くんの描いた絵を「すごくきれい」と言って気に入ってくれたこ

とが嬉しくて、私は彼に「これ、かおるくんが持ってて」と言って渡した。かおるくんは「いいの？」と跳び上がって喜んでくれた。お姉ちゃんの話によると、そのあとかおるくんは立樹くんのように絵を描くのにはまったようだ。

私はというと、病室で絵本を読んだり物語を書いてばかりいたせいか、視力が落ちてゆき、眼鏡をかけるようになった。

眼鏡をかけてから初めて鏡を見たとき、目を疑った。

「え……」

トイレの鏡に映る自分の顔には見覚えがあった。

――彼女だ。私が夢の中で会っていた女の子に、そっくりだった。というより、彼女そのものだった。

改めて自分の身体をよく見ると、さらに似ていると思った。そういえば夢の中の彼女は、思春期にはとっくに入っているはずなのに女性らしい身体の変化が見られなかった。そして私も、高校二年生になっている年齢だったけれど、身長以外は成長する気配がない。

だんだんと、私はある考えに確信を持っていった。

――私が夢の中で会っていた女の子は、未来の私だったんだ。

未来の私が、男子高校生となっていた私にあの物語を教えてくれた。今の私なら、その物語を知っているからそれは可能だ。

そうすると、そもそも物語を最初に作ったのは誰かという疑問は残るけれど……。

——じゃあ、私だった、あの男子高校生は、誰？

私は一度パンクしそうになった頭を休ませようと、病室に戻ってテレビをつけた。

やっていたのは、高校サッカー選手権の中継だった。全国大会へ行くための県予選の決勝。両チーム合わせて二十二名の選手が、必死にボールを追いかけ、身体をぶつけあっていた。

私は、サッカーの詳しいルールを知っている。病弱な私がやったことがあるわけじゃない。夢の中で私は、いや、彼はサッカーをしていた。悩みながらも彼女、すなわち私が教えてくれる物語に勇気付けられながら一緒に成長していた。

試合が途切れる合間には、観客席や放送席、両チームの監督が映されることがある。

……不意に見たことのある顔が私の目に入る。

その姿を視界にとらえたとき、心臓が大きく鳴った。

ベンチの様子が映されたとき、負けているほうのチーム、その中に彼がいた。

あの、男子高校生。夢の中の私だった彼と、まったく同じだった。

——夢の中で私は、彼になっていたのか……つまり私は、いずれ彼に会うということなの？

そんなことを考えている間に、試合はハーフタイムになっていた。両チームの控えも含んだメンバー紹介が始まる。

名前を確認しようと私は食い入るように画面を見つめた。彼の背番号は、二十二番だった。その番号を探す。

番号と名前を照らし合わせた瞬間、私は頭に雷を受けたような衝撃を感じ、息が止まりそうになった。それほど、その名前には私をびっくりさせる力があった。

心臓がいくつあっても足りない。ドキドキが、止まらない。

でも、この驚きは嬉しい驚きだった。私の心臓が、身体中に血液を勢いよく送り出しているのを感じた。

細胞単位で、私は喜びを感じていた。

7

やっぱり、病は気からなんだと思う。

それから私の病気は、少しずつよくなっていった。生きる希望を、病気を回復させるモチベーションを得たからだろう。

そしてついに、高校三年生になる春、待ちに待った日がやってきた。彼のいる学校に転入することになったのだ。

先生に促されて教室に入ったとき、すぐに彼を見つけた。

その瞬間、心が躍《おど》った。黒板の前で挨拶をする前、彼と目が合った気がする。そのあとも私は、視界の右端で彼の姿をずっと見ていた。

私たちは、隣の席になった。そのことは、夢で見たからもう知っていた。彼が右手にギプスを巻いていることも、席に着くとき、私たちが交わすのは軽い会釈だけだったことも。

——立樹くん、久しぶり。やっと、会えたね。

私はそう言いたかったけど、ぐっとその言葉を飲み込んだ。

夢のとおりなのであれば、彼は私のことを忘れている。事故で両親も亡くしているはずだ。その事故はきっと、私が入院し始めた頃に起こってしまったんだろう。

あの日、サッカー中継で彼を見つけて夢の謎が解けたとき、私はすべてを理解した。

――彼は、約束を破ったわけじゃなかった。

私は、ひとり病室で、泣いた。そしてひとしきり泣いたあと、前を向いた。

――大丈夫。あなたの大切な記憶は、きっと戻るからね。私が、協力するから。

右隣に座る彼に、私は心の中で語りかけた。

「あの……それ、やろうか？」

新学期が始まってから二週間ほど経ったある日、転校生の私が彼に向けて初めて発した言葉だった。正確に言えば、初めてではないけれど。

「え……！　あ、いや、大丈夫！　……です」

彼は、私の申し出を断った。夢でもそうだったから、わかってはいた。

彼は右手にギプスをはめている状態で、模試の申込み用紙を切り離そうと苦心している。涼しい表情をしているつもりだろうけど、私には彼が痛みとかやりにくさを我慢していることがわかった。そんな姿を微笑ましく思ったけれど、そんな思いで彼を見ていることを悟られないように努めた。

彼は右手で紙を押さえ、左手で切り取った。その間彼は、私の顔を見ることはなかった。

そういえば彼は、シャイなんだった。これは大変だと思った。

私のことを忘れてしまったなら、また知ってもらえばいい。約束も、もう一度すればいい。そう思っていた。けれどそれには、彼の同意が必要だ。このシャイな彼とどうやって距離を縮めるか、私は頭を悩ませた。

私はずっとタイミングをうかがっていた。なんにせよ、右手の骨折が治らなければ絵も描けない。美術の時間に彼が左手で描いていた絵を見たけど、それでも人並み以上にうまかった。

私にとってのヒントは、あの夢だけだ。彼の視点で見ていた夢。

一緒に公園で絵を描いていた男の子は、やはりかおるくんで正解のようだった。お姉ちゃんは立樹くんの家の近くに住んでいるし、あの公園も徒歩圏内だ。

だからこそ私にはわかる。彼は、ギプスが取れた帰りに公園によって、かおるくんと絵を描く。そこで私に、話しかけられる。

でも、夢で見たからと言ってその日が何月何日かなんてわからない。私は、夢で見たようないい天気の日には必ず公園をのぞいた。

そして、ついにその日はやってきた。誘い方がちょっと強引だったかなと私自身思っていたけれど、彼は、私の物語に絵を描いてくれると言ってくれた。僕なんかの絵でよければ、なんて控えめな言葉を付け足して。

――立樹くんじゃなきゃだめなんだよ！

本当はそう言ってあげたかった。


それからの日々は、本当に楽しかった。

夢で一度見ているけど、それは立樹くんの視点でのことだから、私として過ごすのは初めてのことだ。それに、夢は断片的なものだったから、本当に初めて経験することもたくさんあった。

別に、夢の中で見た私のとおりに行動しようとは考えていなかった。むしろ、だんだんと夢のことを忘れていっていたから、ただ、私が思ったように行動していた。そうすると、自然と夢と同じようになっていくわけだけど。

彼は、高校生になっても、記憶を失っていても、彼のままだった。特にあの優しい雰囲気は、まったく変わっていなかった。一生懸命なところや、素直なところも。

彼は本当に熱心に絵を描いてくれた。私は彼に、絵を描くときの構図を指定しない。立樹くんには、自由に、彼らしい絵を描いてほしかったから。

彼は驚いていたけど、描いてきてくれた絵の出来は本当に素晴らしかった。

構図は、昔彼が描いた絵とほぼ同じ。でも、絵を描く技術は格段に向上していた。

色の濃淡《のうたん》により影がつけられていて立体感のある絵になっていたし、描かれた人物や生き物は今にも動き出しそうだった。色の微妙な違いにより奥行きも感じられて、なんだか吸い込まれそうになる。幻想的な雰囲気が、やはりこのお話にピッタリだ。

記憶を失っても、私のためではないとしても、絵を描くことは続けていてくれたんだ。それが嬉しくてちょっぴり泣いてしまった。

そんな彼の目の下には、クマができていた。彼は、人のためにがんばりすぎてしまうところがあるので、私は身体を心配して一週間に一枚のペースで描いていくことを提案した。

彼との関わりは基本的に、ただノートと絵のやり取りをしたり、朝の教室や、電車の中で話したりするだけだった。

あとは、陰ながら彼の練習する様子を見守っていた。ギプスが外れてからの立樹くんは練習に復帰したけれど、技術も体力もついていかずに焦っている様子だった。

私はそれを見ながら、心の中で一生懸命彼に語りかけていた。

――大丈夫だよ、立樹くんなら、絶対に壁を乗り越えられるはずだよ。

立樹くんには、立樹くんにしかできないサッカーの仕方がある。私はそれを、夢の中で経験してきているから。絵本の物語からの学びを活かして大切なことに気付き、サッカー選手としても大きく成長することができていたから。

――大丈夫。私が力になるからね。

そんなことも、本当だったら心の中だけでなく直接言ってあげたい気持ちでいっぱいだった。


ある日私は、思い切って立樹くんにある提案をした。それは、立樹くんの思い出の場所巡りをするというもの。そこで両親との思い出を覚えている限り話してもらうことで、失った記憶を蘇らせようという考えだ。

これには、大きな勇気が必要だった。

平静を装っていたが、私はだいぶドキドキしていた。立樹くんは突然の誘いに少し驚いていたけど、快く了承してくれた。

「ありがとう。じゃあ、日曜日に。美術館のエントランスに集合でいい？」

そう言ってもらえて嬉しかった。絵本のやり取りを通して彼がだんだんと私に心を開いてくれているのは感じていた。けれどいくら夢で見ていたとはいえ、そのとおりになるとは限らない。こういった誘いは断られるのではないかと心配していたから。

美術館や日本庭園を歩くときの彼は、リラックスしていて、いつもより自然体だった。美しい作品や自然を眺める彼の横顔を見て、『今、どんなことを感じ、どんなことを思っているんだろう』と考えてばかりいた。

立樹くんは、両親との思い出をたくさん話してくれた。見るものすべてに律儀《りちぎ》に感動し、その思いを両親に一生懸命伝えようとしたんだと。それは、私の小さい頃の記憶と重なるところもあった。

彼の思い出の場所は、私にとっての思い出の場所でもあるから。

その後も彼は、物語から学んで、どんどん成長していった。その素直さが、やっぱり私は好きだと思った。

それから、よく見るという子どもの頃のリアルな夢の話をしてくれた。

図書室で、ノートにひたすら絵を描いている夢。それが私が書いた物語のノートだとは、わからなかったようだ。私は焦らず、真実を言いたい気持ちを抑えた。

彼が、自分の力で思い出すことに意味があると思っていたから。それに私は、今のこの生活にとても満足していたから、焦る必要はないと思った。

彼といると時間はまた加速され、あっという間に過ぎていく。一学期の終業式が終わったあと、私は急に呼吸が苦しくなり、病院へと向かった。詳しい検査を一週間後に行うことになった。その帰り道で、私は立樹くんに会う。このことは、夢でわかっていた。

そして、あの公園でもう一度、約束した。

彼は合宿後、私にいい報告をすることと、怪我をしないこと。私は〝風邪〟を治すこと。

これから私がどうなるかは、彼の視点でしか見ていないけど、合宿が終わったあとに公園に来なかったということは、そういうことなんだろう。

——私の病状は、悪化するんだ。

そして、かおるくんに『立樹お兄ちゃんが来たら、あのノートを渡してね』という伝言を託して、病院へ行く。お姉ちゃんにも言わないと。立樹くんは自分で私の居場所を見つけるはずだから、言わないでって。

……正直、嫌だなあと思った。

これまで夢で見たものは確実に現実になってきたけど、変えることはできないんだろうか。この公園で、彼を迎えたい。元気な姿で。

検査の結果は、明日わかる。私は祈るような気持ちでいた。

しかし現実は、残酷なものだ。私は、病室の天井を見上げながら最初にそう思った。やっぱり、未来は変えることはできないんだと知ったから。

でも、それは悪い未来ではないと、今の私は思い直していた。

彼は、公園に私がいないことで、探し回ることになるんだ。そして、かおるくんからあのノートをもらって、それをきっかけに自分の記憶を取り戻す。

私が公園に行けなくなることは、そのために必要な要素なんだ。

そう思うと、この現実も受け入れることができる。私は、彼が来るのが本当に待ち遠しくてしょうがなくなった。

記憶が戻った彼と、どんな話をしようかな。私は、考えを巡らせた。

8

「……華乃にまた会えて、本当によかった」

彼が唐突にまじめな顔になったかと思うと、そんなことを言うものだから、私は驚いてしまった。掛布団をぎゅっと握る。

「どうしたの？　いきなり……」

「もう、後悔したくないんだ。だから僕は、華乃に思ったことをきちんと伝えることにした」

「……びっくりした。でもそれが立樹くんらしいって、私は思うよ。小学生の頃の立樹くんは、そうだったもん」

「……そうか、そうだね」

彼は、思い出したように、優しく笑った。

「君が小さい頃に見ていた夢は、僕の夢だったんだね」

「うん、驚くべきことにね」

「だから君は、僕がここにこうやって来ることも、いつ、なにをするかも知っていたということ？」

私はゆっくりと首を振った。

「ううん。夢は断片的だったから、全部はわからなかったよ。でも、今日、立樹くんがここに来ることは知ってた」

「そっか。じゃあきっと、今僕が知りたいことはわかっているよね？」

真剣な表情で、彼はまっすぐこちらを見て言った。

「……うん」

彼が知りたいこと。それは、私の病気のことだ。私は、正直に話すことにする。

「私の病気、あまりよくないんだ。手術をしないと長くは生きられないんだって」

「なんだか、聞いたことのある言葉だね」

彼は、こめかみを押さえながら言った。絵本の中の女の子と同じような状況だと言いたいのだろう。しかし、その事実を受け入れる心の準備はしてあったようにも見える。立樹くんはきっと、難しい手術だということも感じ取っているはずだ。

「うん、そうだね……」

しばらく考えてから彼は手を放して、また私をまっすぐに見た。

「僕はこれからどうするかを決めたよ。この決断も、夢を見た君にはわかるの？」

彼の背筋が伸び、それにつられて私も少しかしこまった。そして、夢をヒントに彼が今考えていることを想像した。

「……たぶん立樹くんは、こう考えてる。あの物語と同じように、私に勇気を出す姿を見せることを約束するつもり。それで私を、勇気付けようとしてる」

「正解。でも、そんなことしかできることがない自分が、腹立たしいよ」

「ううん、そんなことなんかじゃない。すごく力になるよ。こっちの立場になるとよくわかる。それにね、安心して。物語がそうだったように、私が見た夢でも手術は成功することになるから」

彼は子どものように、「本当に?」と心配そうに聞いた。

「本当に、勇気を出して手術を受けることで、君は助かるの?」

「うん、本当だよ。だから立樹くんは、予選大会に集中してね。……決勝まで進めば、テレビで中継されるんだよね? そしたら、私観るから」

「……そんなところまでわかっちゃってるんだね」

「うん。だから、立樹くんなら絶対にやり遂げられるって信じてるよ。それに、私の目で見たことはないから、決勝、すごく楽しみにしてる」

彼は頷いて、「全部終わったら絵の続きを描くからね」と言った。

——あの日に交わした約束を果たすこと。誰かのための物語を完成させる。

それが私たちふたりの強力なモチベーションだった。

第五章　ふたりの物語

1

彼が病室を出ていくのを見送ったあと、私の目からはとめどなく涙があふれてきた。

彼は最後に、『僕が君のことを必ず助けるよ』と言った。夢の中では、そんなことは言っていなかった気がする。だから、不意をつかれた。嬉しかった。

私は、引出しから便箋《びんせん》とペンを取り出した。出ていったばかりの彼の姿を想像しながら、手紙を書き始める。

立樹くんへ

立樹くん、ごきげんよう。あなたに伝えたいことは、たくさんあります。本当にたくさんありますが、最初に伝えなければならないことは、『ごめんなさい』でしょう。

今私がこの手紙を書いているのは、あなたが病室を出ていった直後です。

涙が、止まりません。

私はさっき、ひとつ嘘をついてしまいました。

これには、さすがのあなたもかなり怒るのではないでしょうか。本当に、ごめんなさい。

でも私には、立樹くんに聞かれたときにどうしても正直に言うことはできませんでした。手術が失敗する運命にあることを知ってしまったら、きっとあなたはずっと私のそばにいることを選択してくれたことでしょう。でも、知ったところで未来を変えることはできません。

そのことを想像したら私は、本当のことを言いたい気持ちでいっぱいになりました。でも私はそれ以上に、あなたに輝いていてほしかった。あれだけがんばってきてつかんだ光を、手放してほしくなかった。私が真実を伝えることであなたを邪魔したくなかったのです。


今ここで、伝えさせてください。

立樹くん、私は、あなたのことが好きです。いつか言ったような、絵が好きとかそういうんじゃなく、立樹くんのことが、大好きです。

あなたがあのノートに【だれ】と書いて、私が【かの】と書いた、あの瞬間から。

私たちがお互いに歩み寄ったあの日から、私はあなたに夢中になりました。

このような運命でなければ、私はきっとこのあと、「付き合ってください」と書いているでしょう。立樹くんは迷惑かもしれないけれど、きっと猛アタックしているんじゃないかな。

でも、それは叶わない夢です。だから私は、「付き合ってください」の代わりの言葉を探しました。

「好きです」のあとに、あなたに一番伝えたい言葉。

――それは、「こんな気持ちにさせてくれて、ありがとう」です。

もちろん、病気なんかなくて、立樹くんとずっと一緒にいられる未来が選べるなら、間違いなくそれが一番幸せだろうなって思います。

でも思えば、私はあなたのことを好きになったときからすでに、幸せでした。

ノートに描かれた絵を見ながら、立樹くんのことを想う時間。あなたの思いやりや、優しさに触れられた瞬間。そのときの感情は、幸せ以外のなにものでもありません。

そんな幸せをくれて、ありがとう。

あなたは嘘や隠しごとが下手で不器用だけど、自分なりのやり方で私を救い出してくれました。あのときはぐらかしていたけれど、私が隠されたものをいつも探してくれたのもあなたですよね。

そのお礼もまだ言ってませんでした。ありがとう、本当に。

あなたと過ごした時間は、本当にかけがえのないものです。

私が書く物語に、あなたは命を吹き込んでくれました。それがたまらなく嬉しかった。

私は高校二年生の秋、テレビの中であなたを見つけました。それを見て、生きる希望が湧いてきたのです。

私の身体は、あなたに会いたくてどんどん回復していきました。

亡くなる運命にあるとわかっていても、会いにいかずにはいられませんでした。

だって、あなたと一緒にいるときが一番、私が私でいられるから。

私は私らしく、その命を使いたいと思ったのです。


今年になって再会したあなたは記憶を失っていたけど、昔のあなたと変わらず、ちょっと（結構？）シャイで、優しくて、素直で、一生懸命でした。

それがすっごく嬉しかった。

私たちは昔から友達なんだって言おうとも思ったけど、あなたがあなたのままでいてくれたから、言うのはやめました。

そしたらあなたは、自分の力で私のことを思い出してくれましたね。そして、私のために決心を固めてくれた。あなたは、昔から人のために行動するところがあったのかもしれません。

自分の考えをしっかりと持って、実行しようとする。

別れ際、あの公園で『誰かのための物語』をコンクールに応募しようと言ってくれたときもそうでした。

そんな発想、私にはありませんでした。だって、この物語は自分で作ったものではないと思っていたから。

そしてあなたは、物語の続きを作ってくれた。それに、今でも、作り続けています。

あなたの物語には、終わりがないのでしょう。

そんな物語を、いろんな人に読んでもらいたいと私は思います。だから、私からの最後のお願いです。

絵本が完成したら、世に送り出してください。

あの物語は結局、誰が作り出したものなんでしょうね。私にもわかりません。

でも、あの物語をたくさんの人に知ってもらうことは、私たちの使命だと思います。

それを、最後まで一緒に果たすことができなくなって、ごめんなさい。

でも、信じています。あの物語に救われて、その続きを作る人が現れることを。

最後と言いつつ、もうひとつお願いを思いついてしまいました。ごめんね。

立樹くん。あなたは、誰かを幸せにしてください。

お節介だとは思うけど、あなたは、このままだと誰とも一緒になろうとしないのではないかと心配になったの。夢の中であなたになっていたから、わかります。

私は夢の中で、森下華乃という女の子に思いを寄せ、出会えたことに感謝し、ずっとそばにいたいと思っていました。

あなたもそう思ってくれていたら、それは私にとってすごく嬉しいことだけれど、もう、そばにいることはできなくなってしまいました。

だから、私のほかに立樹くんとの出会いを待つ運命の人がいるはずです。

あなたみたいに、優しくて誰かのために一生懸命になれる人に、人生をともにするパートナーがいないのは、もったいないなと思います。素敵な相手を見つけて、立樹くんの手で幸せにしてあげてね。

そして、あなた自身にも幸せになってほしいです。未来の奥さんには、言ってあげてくださいね。

『僕が不幸になったら君、僕の友達に呪われるよ』って。

……冗談です。立樹くんが選んだ相手となら、間違いなく幸せになれると思います。

最後になりました。そういえばだけど、私はあなたの泣いているところを見たことが一度もありません。どんな顔で泣くんでしょう。私がいなくなったらあなたは泣いてくれるのでしょうか。

どちらにせよ、明日から、いや、今日この瞬間から、あなたには前を向き直してほしいと思っています。

あなたが輝いていること。それが、私にとって一番の願いであり、幸せだから。


いつまでも待っています。絵本を読んだりしながら。だから、急いで来ないでね？

そのときは、また、たくさんお話を聞かせてください。

あなたの、誰かのための物語の続きを。

ではそのときまで……

ごきげんよう、立樹くん。


あなたのことが世界で一番大好きな　森下　華乃

手紙を書いてから手術までの期間は、二カ月もあった。

立樹くんは、まだ来ない。私の手術が成功することを信じて、今、自分にできることを精いっぱいやっている。

物語の男の子は、大縄跳び大会の当日、緊張に打ち勝つ勇気を見せて見事優勝した。

立樹くんがやろうとしていることは……全国大会予選の優勝だ。その試合なら、テレビ中継が行われる。私を勇気付ける方法はそれしかない、と彼は思ったのだ。

私はお医者さんにお願いして、手術の日時をその日の午後にしてもらった。試合は午前中だ。彼の雄姿《ゆうし》を見届けてから手術に向かいたかった。

手術をしたら私はこの世を去ってしまう。けれど彼の気持ちに応えるためにも手術を受けるほか、ない。

立樹くんと会えない期間だということは、夢でも見ていないことになるので、すべてが初めての経験だった。

だんだんと、具合が悪くなっていく自分の身体。手術前の、さまざまな説明。私は、お母さんとお父さんと一緒に話を聞いて、手術方法について聞いた。

方法は、二種類あるらしい。ひとつの方法は、もう一方よりも良好な視野で手術ができ、切開する傷も小さいため回復も早いもの。その反面、予期しない出血が起こった場合にとっさの対応が難しいのだという。もう一方は、その逆。

どちらにせよ、成功率に変わりはない。選べるのは、どっちの危険を冒《おか》し、どっちの危険を回避するかにすぎない。

医療の知識のない私たち家族に、選べるはずがなかった。私たちは相談して、方法はお医者さんの判断に任せることにした。

私は、枕元に常に置いてある絵本を手にとった。

『きみといっしょにいられるだけで』。

立樹くんから教えてもらった、私にとっても思い出の絵本だ。この絵本の中の男の子とうさぎのぬいぐるみは、ずっと一緒にいる。一緒にいるときこそが、お互いが自分らしくいられる時間。そんな関係だ。

立樹くんは、この絵本を通して私に、人との交流の温かさを教えてくれた気がする。この本には、その絵柄と同じように、温もりがあった。私は、それを胸に抱いた。

ポタリと、涙が白い布団を濡らした。

――こんな絵本を、最後まで立樹くんと〝一緒に〟作りたかったなあ。

私は、静かに、泣いた。

2

手術と、そして立樹くんの試合の本番の日がやってきた。

見事な秋晴れだ。私は、窓を開けた。冷たい空気がゆっくりと入り込んでくる。秋の、ひんやりとしていて澄んでいる空気は好きだ。なんだか、今日という特別な日を神様が演出してくれているようで、神聖《しんせい》な気持ちになる。

私は、引出しの中を開けて中身を確認した。あの日に書いた立樹くんへの手紙と、両親に宛てた手紙が入っている。

時間ピッタリに、私はテレビをつけた。選手が入場する。もうすぐ死ぬはずなのに、その恐怖や不安を吹き飛ばすくらいに私はドキドキしていた。立樹くんが輝く姿を、この目に焼き付けたいと、そんな思いで頭はいっぱいだった。

立樹くんは去年、二十二番だった。

……見つけた。今年は、五番だ。久しぶりに見るその顔には、気迫があった。心なしか、いつもより身体が大きく見える。

彼の姿を見た瞬間、いきなり泣きそうになった。ここまで辿り着くまでに彼がしてきた努力を思うと、込み上げてくるものがあった。

彼は、初めから試合に出ていた。相手のチームも毎年優勝しているだけあってすごく強そうだ。

キックオフの笛が鳴る。私は、両手を握りしめながら、テレビを見つめた。

全国大会出場をかけた試合だけあって、選手ひとりひとりの表情やプレーには気迫があった。それに、会場の応援にも熱が入っていることがテレビ越しでも伝わってきた。

ボールの動きが目で追えないほどに早い。攻守が、目まぐるしく入れ替わっている。

私は、立樹くんを意識的に探す必要がなかった。彼は、とても目立っていたから。

立樹くんは、常にフィールドを駆け巡っていた。ディフェンダーだから、基本的には自分の陣地を守っているけれど、攻撃の糸口をつかんだときには積極的に前に出ていた。

そのあとの戻りも素早い。縦に長いグラウンドだから、移動が多い彼の運動量は、相当なものだと思う。

それに、前も感じたことがあるけれど、立樹くんはどんなときでも姿勢がよかった。絵を描くときも、電車に座っているときも、散歩をしているときも。試合中も、体の芯がぶれることがなかった。

立樹くんは、相手のフォワードにとってはやりづらい選手だと思った。常に、一定の距離を保って離れない。抜き去ろうとしても、その行く手を阻まれる。反応が早いというより、相手の動きを予測しているのだと思う。

そのうち相手が焦ったり疲れてくる。そんなときに立樹くんは一瞬の隙をついてスライディングでボールを取ったり外に蹴り出していた。そうやって何度も彼はチームのピンチを救っていた。いくら体力のある彼とはいえ、楽ではないはずだ。でも彼は、ずっと全力だった。体力を温存しようなどという考えはさらさらないようだ。

私は、彼のそんな無尽蔵《むじんぞう》にも思えるエネルギーがどこから湧いてきているのかを知っている。だから見ていて本当に胸が熱くなった。目から涙が込み上げてくる。

——立樹くん！　がんばってるね。すごいよ、本当に……。

我慢できなくなり、私の目からは涙があふれた。

お互い得点なしで迎えた後半戦。試合が動いた。

立樹くんのチームの選手のペナルティで、相手にフリーキックが与えられた。蹴り出されたボールは、不運にも立樹くんたちディフェンダーの壁を越え、キーパーの頭上、ゴールの左上に吸い込まれていった。

〇対一。前半の様子だと、簡単にはお互い点が入らないなという印象だっただけに、このゴールはダメージが大きい。

でも、彼らの目は勝利を諦めてなんかいなかった。焦らず、やるべきことをやろうとしているのが伝わってくる。

彼らには、共通の意識があるように感じられた。全員で、ゴールを淡々と狙っていた。まるで獲物を狙う肉食動物の群れのように。

後半の後半に試合が差しかかる頃。終盤にも関わらず、立樹くんや、彼のチームメイトの勢いは衰えていなかった。次第に、シュートの回数が増えてくる。しかし、その軌道が惜しくもゴール枠の外だったり、キーパーの目の前だったりして、うまくいかない。

そんな展開が続く中、場内に歓声がわっと上がった。

相手チームのパスを、カットした選手がいたのだ。完全に攻撃の勢いに乗っていた相手は、不意をつかれる。グラウンドの中央で、攻守がいきなり入れ替わった瞬間だった。

カットをしたのは、立樹くんだった。彼はゴールにまっすぐ走っていた。速くはないが、すぐに走り出していたので、ほかの選手よりも早くトップスピードに達していた。ドリブルは苦手だと言っていたけど、このときは自分でいくしかないと判断したのだろう。相手選手も数人しか戻ってきていない。

彼はそのスピードを保ったまま走り、相手ディフェンダーの手前に差しかかるところで右側にコロコロとパスを出した。

私が「えっ」と思うのと、その球を拾う味方が画面下からものすごいスピードで現れたのは同時だった。背番号十一番。

その味方の彼を、私は知っている。夢の中でしか会ったことはないけれど、立樹くんの友達だ。名前を確か、相良くんと言った。立樹くんも以前、彼の名前を私の前で口にしていた。

そのパスが決定打だった。また、歓声が上がる。

相良くんはボールのコントロールがうまかった。相手選手も必死にボールを奪おうとするが、それは叶わず体のバランスを崩していた。

彼はそのあとゴールへの視界が開けた隙を狙い、左足でシュートを放った。

……そのあとの出来事は、一瞬すぎて、なにが起きたかわからなかった。

まず、シュートはゴールの右枠に飛んでいった。キーパーも横跳びで防ごうとしているけれど、届かない。

それで私は「これは入る！」と思ったのだけど、わずかに右にそれ、枠に当たってしまった。その落胆を味わう暇もなく、次の瞬間には、「ドン」という音とともにボールはゴール左上に一直線に向かいネットを激しく揺らしていた。

『ゴール！』

実況の声が響く。

そのときのカメラは相良くんをアップで映していたので、どうしてそうなったのかがわからなかった。わからなかったけど、会場で応援している人たちと一緒に、叫びたい気持ちになった。

別のカメラが捉えていた映像に切り替わり、はじかれたボールを真正面からとらえて右足で振り抜いた選手が映し出された。私は、目頭が熱くなった。

――背番号五番、立樹くんだった。

彼は、激しく肩で息をしていた。立樹くんは、相良くんにパスを出したあとも、ゴールに向かって走り続けていたのだ。

なんとしてでもここで点を入れておかなければ。そんな彼の思いが、私にも届いた。

ここまで追い込まれた経験がなかったからだろうか、そのあとの相手チームには焦りが見られた。

『今のゴールは見事でした。五番の日比野。パスを出したあとのフォローの意識が、幸運につながったのでしょうね。それに、ディフェンダーとは思えないシュート力にも驚かされました』

感心したような解説の人の言葉に、私はガッツポーズを作って心の中で言った。

――そうでしょう？　立樹くんは、ものすごい力を持っているんだよ。

立樹くんのチームは、そのあとも攻撃の手を緩めなかった。流れは完全にこちらにあった。追加点を得るために、全員で狙う。

相手チームは、これ以上点を入れさせまいと必死で守っていたけど、自ゴールエリアでハンドをしてしまった。こうなると、ＰＫとなる。

蹴るのは相良くんだった。もう、試合時間は残り少ない。

肩で息をしながら、集中した表情でゴールを見据え、相良くんがボールを置く。

そして、一歩、二歩、三歩と、前を見ながらゆっくりと後ずさりした。

会場のみんなが、息を飲んでその様子を見守っていた。時間が、停止しているようだった。

私も、両手を胸の前で握り合わせ、祈った。

――おねがい、決めて……！

私や立樹くんを含めた大勢の人の願いを背負い、相良くんはゆっくりとした動作で間合いを詰めると、勢いよくシュートを放った。

キーパーは、自分から見て右側にボールがくると読んだのか、そちらに動こうとしていた。しかし、ボールが向かった先は、反対側、それもキーパーのすれすれをいくところだった。

静寂に包まれていた会場は、わっと、また歓声に湧いた。

ＰＫが、決まった。チームメイトが相良くんを興奮しながらもみくちゃにする。

試合はそのまま立樹くんのチームがリードを守り、悲願の優勝を果たした。

みんな、抱き合ったり涙を流したりして喜びを分かち合っている。

カメラが遠すぎたからか、それ以降私は立樹くんの姿を見つけることができなくなった。最後に一目、見たかったな。

試合の終わり。それは、私にとっては、戦いの始まりだ。

立樹くんが、あれだけがんばる姿を見せてくれたのだ。私も、覚悟を決めなければいけない。立樹くんが輝くところを脳裏に焼き付けることができた。引出しには手紙が入っている。絵本の出版も、立樹くんならば実現してくれるだろう。

……思い残すことは、なにもなかった。


麻酔が打たれる前に、お父さんとお母さんの顔をよく見た。そして、行ってくるね、と言った。本当は、「さようなら」なのだろうけれど、そんなことは口にはできない。

両親は、泣いてはいなかった。

お父さんは、「がんばるんだぞ」と言って笑顔で手を握ってくれた。お母さんは、「華乃のこと、待ってるよ」と言って手の甲で頬を撫でてくれた。ふたりとも手が温かい。この温もりを感じるのも、最後なんだ。

私は流れそうになる涙をこらえた。そして、無理やり笑った。

娘の不安そうな顔が最後なんて、私が親だったら絶対に嫌だから。

麻酔が打たれた。朦朧とする意識の中、私は心で叫んでいた。

——お父さん、お母さん、立樹くん、みんな……今まで本当にありがとう。さようなら——。

3

目を覚ますと、視界いっぱいに白いなにかが見えた。天国ってこんなところなのか、とまだおぼろげな頭で思う。

しかし意識がはっきりしてくると、その白いなにかは見覚えのある無機質な天井だとわかった。それで、ここが天国ではないことに気付く。

——え？　どうして？

私は混乱していたが、がばっと上体を起こして、自分の顔やお腹をペタペタ触った。

聞き覚えのある声が聞こえて、ふと横を見ると、あの日と同じ光景が広がっていた。

「おはよう、華乃」

「た、つき……くん？」

立樹くんが、ベッドの脇に座っている。そして、まっすぐにこちらを見ていた。その光景は、二カ月以上前に見たもの。私はそれを心の中で何度も思い返していた。

「うん、そうだよ。華乃、がんばってくれてありがとう。また会えて……よかった」

幻ではない。彼はほっとした表情で私を見ている。

「……私も。立樹くんにまた会えるなんて思ってなかった。だって私、夢で、立樹くんの目で、私が死んじゃうの、確かに見たから……立樹くんに手術は成功するよって言ったの、本当は嘘で……」

困惑と喜びがごちゃまぜになっていて、私はまだこの状況を理解できていなかった。自分の頭を整理するためにぶつぶつと口を動かす。すると、その口を彼の手が覆った。

「大丈夫。全部知ってるから。大丈夫だよ」

幼い子を安心させるような、ゆっくりとした口調だった。

「それにしてもひどいな華乃は。自分が助からないことがわかってて死なないなんて嘘つくなんてさ。まあ、結果的に嘘じゃなくなったわけだけど」

「……どういうこと？」

私は涙声になっていった。なんで泣いてるのか自分でもわからない。その事実を噛み締めるだけで涙は流れた。

彼は、ごめんごめんと言って手をひっこめると、ハンカチを取り出して渡してくれた。私はありがとう、と言って涙を拭く。

「実は僕も、夢を見ていたんだよ。でも、その記憶も事故で失ってたんだ」

「夢って、私たちの過去の夢？」

立樹くんは、ゆっくりとかぶりを振った。

「ううん、そうじゃない。小学生の頃に見た夢。華乃は、夢の中で、男子高校生だったんでしょ?」

「うん。で、それは立樹くんだった」

「実は僕も、夢の中では未来の、それも自分以外の誰かだったんだ」

それってもしかして――。

子どもの頃見た奇妙な夢を立樹くんに話したとき、彼が大して驚いていなかったことを思い出した。

「それって、もしかして、高校生の……私?」

立樹くんは「そうだよ」と言って頷く。

私は、混乱しながらも頭を整理しようとする。立樹くんが私になる夢を見ていたということは、私と逆だったということで、だから私がそうだったように、立樹くんは私の言うことや行動がある程度わかっていたということ?

……あ、でも、記憶をなくしていたからその夢を見ていたことも、内容も忘れてしまっていた――。

整理しようとしたが、考えるほどにわからなくなる。でも、私たちがお互いに、未来の相手になる夢を見ていたということは確かなことのようだ。

「僕は、夢の中で、華乃だった。まあ、最近までその記憶すらなかったわけだけど」

「その夢は、いつ頃見ていたの?」

立樹くんは少し考えると、こう言った。

「小学六年生になってからだね。たぶん、華乃と同じ時期だったたんじゃないかな」

私も、記憶をたどった。

「……確かに、そうかも。ということは、立樹くんは私が書いていた物語を、私のノートを見る前から知っていたということ？」

「うん、知ってた。だからね、華乃が物語を書いていたノートをたまたま見つけたとき、すっごく驚いたよ。僕が夢の中で隣の席の男の子に教えている物語と、まったく同じだったんだから」

彼は、鞄から【だれかの】と書かれたあのノートを取り出した。

それは少し古ぼけていたけれど、まぎれもなく、私たちふたりの大切な宝物のノートだった。小学生の頃の、懐かしい気持ちがよみがえる。

「このノートがあったから、立樹くんは記憶を取り戻すことができたんだよね」

「うん、そうなんだ。信じてかおるくんに託してくれて、本当にありがとう」

私は、ううんと言って次の彼の言葉を待った。まだ、彼からいろんな話を聞きたい。

「あとね、驚いたことがもうひとつあるんだ」

そう話す立樹くんはどこか楽しそうだった。

「僕はね、まだ華乃に会っていない頃、自信を失っていたんだ。自分には、絵しか取り柄がないって思ってた。勉強もできないし、縄跳びだってろくに跳べやしない」

「……縄跳び？」

「うん、それも、大縄跳び」

「それって、いつの話？」

「僕が、五年生の頃だね。クラス対抗の大縄跳び大会に向けて練習していたんだ」

「それって……」

私の頭には、ある仮説が浮かんでいた。

華乃の思ってるとおりだよ、と彼は笑って言った。

「僕はね、その頃ある夢を見ていた。ひとりの女の子が、僕を励ましてくれていた。その夢から覚めるたびに、僕は勇気付けられていたんだ。そのおかげで、大縄跳びも跳べるようになったんだ」

私の心臓が、ずっと波打っている。彼は……。

「……この物語の主人公は、立樹くんだったんだね」

彼は、ゆっくりと頷いた。

「最後の夢で女の子と別れたあと、それまでの夢の内容とか、女の子のこととかは忘れちゃっていたんだけどね。だからそのあとは、なんで自分がそれだけ成長できて、自信をつけられたのかがわからなくなってた。ずっと、なんでだろうって思ってた。

心の中にぽっかりと穴が空いてるみたいだった。大切ななにかを、忘れてるような」

私は、物語の中の女の子の言葉を思い出していた。夢からさめたら、夢で見てきたものはすべて忘れてしまうと確かに言っていた。

「でも、小六になって、華乃と出会って、物語を読んでいくうちにその答えがわかったんだ。夢のことを忘れているだけで、現実の部分はすべて自分が経験してきたことそのものだったからね。例えば、担任の先生が僕のために本気で教頭先生の考えに反対してくれていたのを見たし、縄の回し役もやった」

私はそこまで立樹くんの話を聞いて、あることに気付いた。

女の子は、こう言っていた。『一年後の春に、この教室で出会うことになる』と。

「男の子が立樹くんなら、女の子は、華乃なんだ。そのことに気が付いたのは、もう、華乃との別れが近づいている頃だった」

私が、彼の夢の中に出ていた……いや、違う。物語の中の女の子は言っていた。私が、あなたをこの夢に招待したのだと。その目的は、あなたの素晴らしいところを伝えることだと。

私は立樹くんを勇気付けるために、彼の素晴らしいところを夢で伝えていたんだ。

優しい動物たちと、美しい自然の中で。その世界観は、昔から絵本が大好きだった私らしいものだと、そう思った。

「でも、女の子は未来から来たって、夢の中で言ってたよね。いつの私だったんだろう？　心当たりがないんだけど……」

「華乃は、僕と別れたあと、もしかして手術が必要な状態になったことがあるんじゃない？」

「……あ、そうか！　そういえば私、中学生になる前、ずっと受けたくないって言っていた手術を急に受ける気になって……」

「そのときの華乃は、どうして手術を受ける決心がついたのか、わからなかったんじゃないかな。僕がそうだったように」

そうだ。なんでいきなり気が変わったのか。まるで、生まれ変わったかのようだった。私はあの日、男の子と女の子の夢を見ていたんだ。そして物語の夢を見た未来の私が、立樹くんにお礼を伝えようとしたのかもしれない。

夢から覚めたときは、内容は覚えていなかったけれど、絵本を読んだあとのような、物語の世界に身を置いていたような感覚が残っていた。

そのときの私は、『きっと立樹くんが夢に出てきて励ましてくれたんだ』と自分を納得させていた。男の子が立樹くんなら、この考えもあながち間違ってなかったんだ。

「華乃は、小学五年生だった僕を自分の夢に招待して、僕が自信を取り戻せるように励ましてくれたんだね」

ありがとう、と言って彼は微笑んだ。とても、ほっとした表情を浮かべて。

「ううん、こちらこそだよ。だって、最後には逆に私が励まされちゃったんだもの。なんだかやっと、心に空いてた穴がふさがった気がする。……ねえ、立樹くん」

私は彼の方をまっすぐ向いて、言った。

「立樹くんは、二度も私に、手術を受ける勇気をくれたんだね」

私の目からは、また涙がこぼれた。彼は微笑んで、今度は人差し指の背中でそれをぬぐってくれた。指が、温かい。そして、穏やかな声で言った。

「そんなのお互い様だよ。僕も、たくさん君に勇気付けられた。夢の中でも、夢から覚めても」

さて、と言って彼は立ち上がる。私も、彼の顔を見上げた。

「君のお父さんとお母さん。手術の間ずっと起きて待っていたから、いま別の部屋で休んでるんだ。手術が成功したことを知って、安心してたよ。君が目覚めたこと伝えてくるから、元気な顔、見せてあげなよ」

それを聞いて時計を見た。手術が始まってからだと、もう十五時間以上経っている。もう、真夜中だ。私も、早く会いたい。でも――。

「そういえば、まだ教えてもらってないよ。なんで私が助かったのか」

「ごめん、僕もずっと眠ってなくてちょっと体力の限界なんだ。そのことは、お父さんとお母さんから聞いてよ」

彼は、上下にウインドブレーカーを身に着けている。きっと、試合が終わってからそのまま来てくれたんだろう。

「……わかった」

私が彼の顔を見上げながら頷くと、彼は笑顔でありがとう、と言った。

「それじゃあ、また明日来るから」

「うん。立樹くん、ゆっくり休んでね。……あと、ありがとう。きっと、立樹くんが私を助けてくれたんだよね？」

「でも、一番がんばったのは華乃だ。華乃が、乗り越えてくれた」

私は、この世の全てに別れを告げる覚悟をしていたつもりだったけど、やはり生きるのをあきらめきれていなかった。立樹くんの言葉を聞いて、それだけは分かった。

私は、彼の目を見ながらゆっくりと、小さく頷いた。

それを見ると彼は微笑み、じゃあね、ごきげんようと言って病室を出ていった。

空間が、心地よい静寂に包まれる。その中で私は、自分の鼓動を聞いていた。

――どくん、どくん――。

心臓の音、目に映る景色、立樹くんの優しい声。

私は、生きている。大切な人と、まだ一緒にいられる。
その喜びを、噛み締めた。

4

お父さんとお母さんは、病室に入るなり泣きながら私を抱きしめた。私もふたりのかすれる声を聞きながら、また泣いた。

もう会えないと思っていた。ふたりを悲しませることになると。でも、そうならなかった。私は、ふたりに抱かれながら、泣いた。泣きながら、笑った。

なぜ私は助かったのか。立樹くんが言ってたように、私はお父さんとお母さんに聞いた。するとお父さんが、ひと息ついてから説明してくれた。

「華乃の麻酔が効いて、これから手術室へ移動するというときだった。彼がここに駆け込んできたんだ。息を切らしながら『お話があります』ってね」

私は、試合後の映像に彼の姿がなかったことを思い出した。試合が終わった直後にでも来ないと、手術には間に合わないはずだ。

「そしてね。『手術前に、この検査をしてください』って言ったんだ。『知り合いが同じ病気で、手術に失敗して命を落としたんです』とも。その手術を担当していたお医者さんが言っていたことを書いたノートと医学書を渡したんだ」

「先生はびっくりしていたけれど、真剣な態度の彼を無下《むげ》にはできなくて、まずはそのノートを読んでくれた。そして、彼の言った検査をしてみることにしたの」

そしたらね、その問題が見つかったの、とお母さんは言った。

「見落とすのも無理はないと思えるほど小さな穴が、肺に空いていたというの。そのままの方法で手術をしていたら、本当に危ないところだったのよ」

「その問題を見つけて、先生は手術のやり方を変更したんだ」

お父さんは、本当によかったという安堵のため息を漏らした。

そして手術のあと、先生はこう言っていたらしい。

『彼のおかげで、成功することができました。華乃さんの友人である彼の身近に、同じような例で亡くなった人がいたとは、考えられないほどの奇跡です。その方の死は悲しいことだったでしょうが、それがこうしてひとりの少女の命を救ってくれました。彼にも、その知り合いだという方にも、感謝しなければいけませんね』

――私と同じ病気で、命を落とした知り合い。

そのひとことで私は、理解した。それはきっと、私のことだ。

彼は未来の私になる夢の中で、一度死を経験した。手術後、死ぬ間際にお医者さん同士の会話とか、家族への説明などで、なぜ失敗したのかという原因を知ったのだろう。

私たちがお互いの未来の夢を同じ時期に見ていたのだとしたら、きっとその最後の夢は私が入院してから、立樹くんが事故に遭うまでの間。

そのわずかな期間で、立樹くんは今回の手術のために、備えてくれていたんだ。お医者さんから聞いた言葉を何度も反芻《はんすう》し、意味を調べていた。お医者さんに、手術の方法を改めてもらえるには、どう言うのがいいのかも、一生懸命に考えたのだろう。

でも、そんな記憶も、事故のときになくしてしまった。部屋に医学の本があるのが不思議なんだと言っていた彼の言葉の意味が、ようやく理解できた。

「やっぱり、立樹くんが私を……助けてくれたんだ……」

私は顔を覆った。また涙が、あふれる。

『僕が君のことを必ず助けるよ』

あの、私の記憶にない彼のひとことは、そういうことだったんだ。記憶を取り戻した彼は、再び未来を変えるために動き出していた。

お母さんが、私の肩に手を置いて、言った。

「彼は私たちの大事な華乃を、助けてくれた。本当に、感謝しなくちゃ」

感謝しても、しきれない。私の知らないところで、私のためにそんなにがんばってくれていたなんて……。

——ありがとう、立樹くん、ありがとう……。

私は何度も、心の中で繰り返した。

5

明け方まで、まだ少し時間がある。両親が病室を出ていってから、私は少しだけ眠ろうと思って横になった。そのまま横を向くと、引出しが目に入る。

「……あっ！」

思わず、声が出てしまった。そういえば、忘れていた。

私は勢いよく起き上がる。

——あの、手紙。私の、遺書《いしょ》。もう、誰かが見つけてしまったかも……！

引出しをゆっくりと開けると、ちゃんと手紙が入っている。……ほっとしたけれど、よく見ると、ひとつしか入っていない。

立樹くん、お父さん、お母さん。私は三つの手紙を入れておいたはず。

——まずい、もう読まれてしまってる？

しかも、そのひとつの手紙をよく見ると、私が入れたものとは封筒が違っていた。

そこに書かれている字を見て、誰の手紙かすぐにわかった。

この、優しい人柄が伝わってくる、人を騙そうとするような悪意が感じられない字。丁寧で、繊細で、少し丸っこい。なんだか懐かしく思う。私はその人を思い浮かべながら、封筒をゆっくりとひらいた。

華乃へ

華乃、ごきげんよう。君に伝えたいことは、たくさんあります。本当にたくさんありますが、一番最初に伝えなければいけないのは、「安心して」ということでしょう。今僕がこの手紙を書いているのは、君が手術室から戻ってきて、お父さんとお母さんがいなくなってからです。君のご両親は、君の手紙を読んでいません。もし読んでしまっていたら、ふたりはきっと困惑すると思うから。

僕は、君が僕らに向けて手紙を書いて引出しに入れることを知っていました。夢で、君の目で見ていたからね。

さて、華乃はひとつ、嘘をつきましたね。僕はそのことを知っていたわけだけど、君が想像したとおり、さすがにちょっと怒ってるよ。

君は、僕に輝いていてほしかったと書いていましたね。でも、どんなに僕が輝いたとしても、君が突然僕の前からいなくなってしまったとしたら、その輝きは失われてしまいます。

そして、ずっと後悔をしたことでしょう。

僕はあるとき、祖父から大切なことを学びました。それは、『大切な人との最良の別れのために、努力し続けること』です。

君のことを公園で待っている間、僕は後悔ばかりしていました。君に伝えていないことがたくさんあったからです。

僕はそれまで、華乃との最良の別れのための努力を怠っていました。

神様に、初めて祈りました。どうか、あのゆびきりを僕たちの最後にしないでくださいと。

結果的に君は生きていてくれたし、僕は記憶をとり戻すことができたわけですが、このような幸運はそうそう訪れるものではないと思います。これは僕に与えられた最後のチャンスだとも。

僕はもう華乃に、気持ちを隠したりしないと誓いました。

だから、今ここで伝えます。(手紙でごめん。でも華乃も、僕に嘘をついて遺書みたいな手紙に書いたんだから、これでおあいこってことで……)

僕は、華乃、君のことが好きです。

好きだって言われたからじゃありません。ずっと前から、大好きです。

君と同じ、あの瞬間から。僕が書いた【だれ】に、君が【かの】と書いてくれた、あの瞬間です。君は、こんな僕に近づいてきてくれた。

驚いたけれど嬉しかった。あのときから、僕たちの世界が出来上がった気がして。

君が作ってくれた世界は、本当にかけがえのないものでした。君が教えてくれる物語の主人公は僕で、それがたまらなく嬉しかった。

高校生になって再会した君は、今思えば昔のままでした。君は、僕の話をじっくりと聞いて、その中から僕の知らない、僕の価値を見出してくれた。

僕が自分で記憶を取り戻すのも、ずっと待ってくれていたね。そして、昔と同じように、君のほうから僕のそばにきてくれた。

いつの間にか、君が隣にいるんだ。びっくりするほど自然に。

僕が忘れてしまっていた約束をもう一度させてくれたし、僕の時間に合わせて学校に来てくれた。電車で探してくれていたのを知ったときも、すごく嬉しかったんだ。

華乃と同じように、僕も君と一緒にいるときが一番僕らしくいられます。

だから僕は、これからもこの命を華乃のために使いたい。

華乃が手紙で書いていたお願いに、僕は応えたいと思います。

まず、『誰かのための物語』。たくさんの人に読んでもらおうね。もちろん、ふたりの力で。あの物語は、もとをたどれば、僕と華乃のふたりで作り出したことになるんだから。

それともうひとつ。『誰かを幸せにする』というお願い。これにも喜んで応えます。君は僕と違って鈍感じゃないから、もう僕の気持ちはわかるよね。僕が選ぶ相手なら、間違いなく一緒に幸せになれるって、華乃は書いてくれました。僕も、そう思います。

華乃と一緒にいられるなら、それだけで僕は幸せです。

最後になりました。華乃は、僕の泣き顔が見てみたいんだったね。……残念。君からの手紙を読んでいる間の僕は、笑顔でした。だって、嬉しくて。一緒にいれば、もしかしたらいつか泣き顔を見られるかもしれませんね。だから、長生きしてね。

明日また、会いにいきます。

これからは、君を待つんじゃなくて、僕から会いにいくから。もうシャイは卒業するよ。

だから、安心して休んでください。

明日からまた前を向いて、一緒に作りましょう。

『ぼくたちふたり』の、誰かのための物語の続きを。

日比野　立樹

私は手紙を読んでいる間、その涙を何度も手紙の上に落としていた。字がにじんでいくことも気にならないくらい、無心で読んでいた。

――ずるいよ、立樹くん。

私は今すぐにでもあなたに返事をしたい。あなたに、会いたい。

私にも、あなたに伝えたいことがたくさんある。明日がくるのなんて、待っていられないよ――。

私も、心に誓った。立樹くんと、後悔のない生き方をする。

毎日、初めての日のように、そして最期の日のように、あなたに接する。

そして最期まで、一緒に笑っていたいんだ。

＊＊＊

「プロローグ」


女の子は、夢の中が好きでした。

そこでは、自分の思いのままの世界を作ることができるからです。

海にもぐることだって、空を飛ぶことだって、動物とお話することだってできます。

過去や未来を行き来することも、夢を見ている誰かと会うこともできます。

女の子は夢の中で過去を旅しているとき、大切な人を夢の中で見つけることができました。その頃のふたりは会ったことがありませんが、女の子は彼のいいところをたくさん知っていました。女の子は、男の子の優しさに救われたことがあるのです。

でも、夢で見かけた男の子は、そのとき自信を失っているようでした。

そこで、女の子は思いました。

「あなたには素晴らしいところがいっぱいあるのよって、彼に教えてあげなきゃ。今度は私が、助ける番だわ」

女の子は、自分の夢の世界に男の子を招待することにしました。

そして、彼の素晴らしいところを教えるために、物語を考えます。

舞台は美しい自然がいいな。登場人物は、彼のように優しい心を持った動物たちにしよう。ストーリーは……

そう、女の子は物語を書くことがとても得意だったのです。

「待っててね。私が、あなたのことをきっと、助けるから——」

これは、そんな女の子の思いが作り上げた、男の子のための、夢の物語です。

エピローグ

「……男の子と女の子は、見ていた夢のことは、なにもかも忘れてしまっていました。でも、ふたりは出会うことになります。桜が咲き誇る季節に、あの教室で――」

静寂が、僕らを包み込んでいる。

「……ご清聴いただき、ありがとうございました」

絵本を閉じると、会場から大きな拍手が湧き起こった。

僕は、隣にいる華乃と顔を見合わせて笑った。そしてお互いに声に出さずに、目を合わせる。

――やったね。

ステージ上だけだった照明が会場全体に点き、お客さんの顔が見えるようになると、僕は再びマイクをとった。

「今日は、朗読会にご参加いただき、また最後までお聞きいただきありがとうございました。この絵本が多くの人に読まれていることを、本当に幸せに思っています。それは、私たちの長年の夢でした。心から感謝しています。最後に、原作者からあとがきも読ませていただきたいと思うのですが、よろしいでしょうか」

会場からまた、拍手が送られる。会場にいるのは、さまざまな年齢層の人たちだった。親子連れはもちろん、学生や、ご年配の方までいた。幅広い人々に作品が愛されていることを嬉しく思う。お客さんたちの表情は、とても温かかった。

ありがとうございます。そう言って僕は、華乃にマイクと絵本を渡した。華乃は頷き、すっと立ち上がった。

その姿はなんというか、凛としていた。背筋はすっと伸び、なんの力みもなかった。

華乃は、この数年の間にびっくりするほど身も心も成長した。白いワンピースを着ている彼女は、もう少女ではない。

細身ではあることには変わらないけれど、澄んだ瞳はそのままに、心身ともにもう立派な大人の女性だった。

会場の拍手がやむのと同時に彼女は絵本を広げ、話し始めた。

その横顔を見て僕は、美しい、と思った。

＊　＊　＊

あとがき

この物語の主人公は、今この絵本を読んでくださっている、あなたです。

あなたはこれから先の人生で、この絵本で言うところの女の子に出会うでしょう。

あるいは、もうすでに出会っているかもしれません。

『女の子』とはつまり、『あなたを必要としている人』です。あなたは、誰かのためにがんばる力、その人のために自分にできることを探す力、そして勇気を出してその人を救う力があります。

それは、間違いのない事実です。

なぜなら、この三つの力はイルカや白鳥、兎にしかない特別なものではなく、だれにでもある普遍的なものだからです。

もしあなたが「信じられない」と感じているならば、それは、その力が自分にも備わっていることに、まだ気付いていないからにすぎません。

思い返してください。あなたは、その三つの力をこれまでにも発揮したことがあるはずです。

幼い頃、具合を悪くした母親のために、自分のできることを探して、泣きながらも勇気を出して初めてのおつかいに出かけたかもしれません。

あるいは、大切な人が誰かに傷つけられたとき、その相手と戦ったかもしれません。

遠くで貧しい暮らしをしている誰かのために募金をすることだって、その三つの力によるものです。

これまでに、この物語の主人公があなただという理由を述べました。

これは、あなたの物語なのです。

最後に私たちから、ささやかなお願いがあります。あなたの手で、この物語の続きを書いてくださいませんか。

本当にペンを取り物語を綴れと言っているのではありません。

あなたが誰かのために生きるという生き方を選択し、人生を歩んでくれれば、それでよいのです。

そうすれば、あなたの描く人生の軌跡そのものが、この物語の続きとなって誰かの心に残ります。

そしてその物語、つまりあなたの生き様に感動した誰かが、また同じような生き方を選択して新たな物語を描いてくれるでしょう。

それが、私たちの願いです。私たちはいつまでもお待ちしています。

あなたの書いた素晴らしい物語を読める、その日が来るのを。

この物語の第一の作者

日比野　立樹

日比野　華乃

僕は、彼女に会えて本当によかった。
彼女は僕に、物語を通してさまざまな事に気付かせてくれた。
それまでの僕には、なんの力もないと思っていた。
でも、それは思い違いだった。
誰にだって、誰かを思う力がある。
その力は、自分の可能性を無限大に広げてくれる。
そして、勇気を与えてくれる。
そのことに気付けば、生き方が変わる。
大切な誰かのために、力を尽くし続ける、そんな生き方に。
そうやって生きて、生き抜いて、自分の使命を全うしたとき。
歩んできた長い人生を振りかえり、人は思うのだろう。

私は、世界でたったひとつの『誰かのための物語』を生きてきたのだ、と。

完

書きおろし番外編

ありがたいことに、『誰かのための物語』は今も多くの人に読まれ続けている。

その一番の理由は、朗読会で華乃が読み上げた「あとがき」にあるのだと、僕は思っている。

正直、あとがきを載せている絵本というのは少数派だし、作品のメッセージをどう受け取るかは読者に委ねられるべきだ、という考え方もあるだろう。

でも、僕たちは作品にかける思いを、読者に語りかける形で全て書くという選択をした。

——なぜ、そうしたか。

思い返せば、高校生のとき、あの絵本屋さんでの出会いが僕らをその方向に向かわせたのだと思う。

手術を乗り越えた華乃はその後順調に回復していった。そんな中、季節は秋から冬へと移ろぎ、ちょうど僕が華乃の病室を訪れているときに、ふたりで初雪を見た。

——退院したら、あのとき行けなかった絵本屋さんに行きたいな。

そんなある日、彼女はちらちらと舞う雪を見つめながらそう言った。

——それ、いいね。行こうよ。

僕は、すぐにその提案を受け入れた。お互いの想いを伝え合ってからの初めてのデート。その行き先が絵本屋さんだなんて、いかにも僕ららしいね、なんて笑い合ったのもいい思い出だ。

それからの華乃は、ますます元気になっていった。彼女は自分で、『私、わかりやすいくらい心の在り方が身体に影響しちゃうみたいなんだ』と笑いながら言っていた。それまでの経験から、そう確信しているのだと言う。

こうして師走も半ばを過ぎたころ、彼女は無事、退院の日を迎えることができたのだった——。

＊＊＊

僕らが訪れたのは、本当に絵本しか取り扱っていない専門店だった。

町の中心部からは少し外れた静かな場所にひっそりと佇む洋風の建物。クリスマスの時期ということもあり、お店を囲むように広がる庭の木々には電飾が巻き付けられている。入口近くにあるクリスマスツリーには、木製の人形や動物、車などのかわいらしいオーナメントが飾られていた。いかにも絵本屋さんらしいメルヘンな世界が、そこにはあった。

店内に入ると、想像以上に広い空間が広がっていた。

本棚と本棚の間隔は広く、ベビーカーでも難なく通れるほど。本棚は僕の腰ほどの高さで、この低さも店内が広く感じられる要因のひとつなのだろう。

多くの絵本は表紙が見えるように置かれているところからも、幼い子どもが自分で見て歩き、いろいろな絵本と出会えるような仕組み作りが為されていることが分かる。

そんな、子どもやその親への思いやりが溢れるこの書店の魅力に、僕らふたりは入ってすぐに心を奪われていた。

華乃は、視界に映るたくさんの絵本の中から知っているものを見つけては、いちいち感動していた。その綺麗な瞳を、一層輝かせて。

ディスプレイされている絵本のひとつひとつには小さな手書きのポップが付いていて、その文章が「読んでみたい」という気持ちを掻き立てた。知っている絵本のポップを読むのも楽しい。

「たしかに、この絵本の魅力ってそういうとこだよね！　さすが、わかってるなあ」

その物言いがなんだか可笑しくて、僕はくすっと笑ってしまう。『実は、全部のページにこの子がかくれています』と書かれたイラスト付きのポップ。その絵本を手に取ると、パラパラとページをめくった。確かに、イラストにあるちっちゃい犬のようなキャラクターが、どのページにもいた。これは確かに、楽しい。

「すごいね、立樹くん。私もう、このお店のファンになっちゃった」

「うん、僕も」

僕らはそれから、時が経つのを忘れるように、絵本を見ていった。華乃はお気に入りの絵本を見つけると、その魅力や思い出を教えてくれた。

様々な物事に対する華乃の価値観がわかったし、僕の知らない幼い頃の彼女に出会えたこの時間は、僕にとって幸せでしかなかった。


一通り店内を見たあと、僕らは奥にあるカフェスペースで休憩することにした。そこでは薪ストーブが焚かれており、とても暖かかった。ふと気付くと外では雪が降っていて、辺りは白く染まり始めていた。

大きめの窓から見えるそんな景色を背景に、華乃は座っていた。

はじめはベージュのダッフルコートを羽織ったままだった彼女も、だんだん身体が温まってきたのか、今は白のセーター姿になっている。

両手でていねいにカップを持ち、ふーふーと息を吹きかけながらココアを飲む彼女は、なんていうか、絵になる。

そう思うと同時に、僕にはこの光景がある意味「奇跡」だと感じていた。

こうして、大好きな人とかけがえのない時間を過ごせるのも、様々な困難を乗り越えてきたから。そう考えると、僕はあきらめずに頑張ってきてよかったと思ったし、華乃はもちろん、支えてくれた全ての人への感謝の気持ちでいっぱいになった。

そんなことを考えつつ、僕は自分のコーヒーが冷めていくのも気付かないくらい、夢中でこの光景を目に焼き付けようとしていた。

「私、いろんな絵本を見れば見るほど思うことがあってね」

唐突に彼女は視線を上げ、そう言った。意図せず急に目が合ったことで、僕はドキリとした。彼女に見惚れてしまっていたことに気付かれたかもしれないと思ったが、可能な限り平静を保ちつつ僕は、「うん」と応える。

「やっぱり、私たちの絵本って、ちょっと〝異質〟？　なのかなって」

……異質。それはつまり、他の絵本とは異なる要素があるということ。うん、確かにそうかもしれない。華乃は初めから、この絵本の対象とする年齢層は少し高めだと言っていた。が、今の華乃の考えをもう少し深く知りたいと思った。

「そっか……どんなところがそう思うの？」

彼女は、もやもやとした思いをまだ言語化まではできずにいたのだろう。うーんと少し考えこんでから答えてくれた。

「メッセージ性っていうのかな？　それが他の絵本と比べてすごく強く出てるなって」

「なるほど……そうかも」

作品に込められたメッセージ。それはきっと、全ての絵本にあるのだろう。しかし、

『誰かのための物語』ほど、それがストレートに表現されているものは確かに見たことがない。なぜならこれは、華乃が夢の中で物語の世界を創造し、僕を励まし続けたという不思議な出来事をそのまま作品化したものだから。そういう意味では、ふたりの作品ではあるけれど、物語の世界を形作ったのは彼女ということになる。

「私が立樹くんに届けたいと思ったメッセージを、そのまま読者の人に届けちゃってもいいのかなって」

華乃はカップの水面を見つめながら、口元には自信なさげな笑みを浮かべて言った。

「華乃は、メッセージの送り手として唯一、その思いの強さを知っているんだもんね」

華乃は、僕の言葉を聞いて顔を上げると、「うん、そうなの」と言った。

「いろいろな絵本を見ていると、やっぱり作品のメッセージって押し付けられるでもなく自然と心に沁み込んでくる感じがするから……」

言葉にはしなかったが、『誰かのための物語』はその例に漏れてしまっていると、そういうことを言いたいのだろう。やはり、作品を世に出すということは、世間の評価の目にさらされるということであり、どうしても読者の受け取り方というのは気になるものだ。

……僕も、気にしないわけではない。でも、なにかがちがう。僕は、彼女が抱える不安な気持ちを理解した上で、「大丈夫だよ」と強く伝えたかった。華乃には、自分の創り出したことに対する自信を持ってほしい。だって、僕はそれに救われた張本人だから。きっと、同じように救われる人は、いるだろう。そう、確信しているから。

そんな思いを伝えたくて、僕は両手で包み込んだコーヒーカップを見つめながら言葉を探していた。

ふと顔を見上げたとき、ある言葉に目が留まった。直感的に、それが今必要な言葉のように感じられたのだろう。僕はそれを思わず口にしていた。

「『本は、手紙』……」

「えっ……？」

華乃は驚きの表情を浮かべ、僕の視線を確認すると、後ろを振り向いてその言葉を探した。

絵本と同様に表紙が見えるように並べられた数冊の絵本雑誌。その中で、そのフレーズは一際目立っていた。それをすぐに見つけた彼女は、迷いのない動きで立ち上がり、雑誌を手にした。僕も立ち上がり、その傍らに立つと、彼女は「一緒に見よう」と目で言ってきた。僕も目で返事をし、さらに少し距離を縮める。

――本は、手紙。

それは、巻頭特集に寄せられた文章から抜き出した言葉だったようで、雑誌を開くとそれを書いた人はすぐに見つかる。華乃はそこで、「あっ」と驚きの声をあげた。

絵本作家の、山手《やまのて》みゆきさんと書いてある。あまり作家さんの名前を憶えていない僕はそこにはピンとこなかった。……がしかし、ページの端に掲載されていた写真を見た瞬間、僕も遅れて声を発することになった。

「立樹くん、これ……」

僕は彼女の目を見て頷いた。

『君といっしょにいられるだけで』。山手さんは、その作者だった。彼女はアトリエの中で柔らかな笑みを浮かべ、カメラを見つめている。

これが、あの、ワクワクして、それでいて温かい気持ちにもなれる作品をかいた人。両親や、華乃との思い出の大切な一ページを描くきっかけを作ってくれた人。

「驚いたな……」

「うん、私も」

名前を知っていた華乃も、写真を見たことはなかったようだ。

「でも、なんだかイメージ通りだった」

ふふっと小さく笑いながら話す彼女の言葉に、僕も同意する。その優し気な雰囲気が、作品から醸し出されているものと同じだと思ったから。

山手さんは、「あなたにとっての絵本とは」という問いに答える形で、雑誌に原稿を寄せているようだ。

僕らは紙面に吸い寄せられるかのように、夢中でそれを読んだ。

『本は手紙』

私にとっての絵本とは、手紙です。

手紙とは、自分の思いや考えを言葉にし、手渡すことで相手に伝える、コミュケーションツールのひとつですよね。人の思いや取り巻く環境、そこで得られる経験、そしてなによりも人の感情というのが常に移り変わる無常のものである以上、全ての人には、そのとき、その場で、その人にしか書けない手紙というものがある。そう、私は考えてます。だから、世界中で書かれた全ての手紙は、唯一無二の存在だと言えますね。

そう考えると、私には絵本も同じような存在に思えてなりません。

新しい経験をしたとき、とりわけ感情が動いたときに、私は誰かに伝えたくて、手紙を書きたくなります。ですが残念ながら、私にはとりとめのない内容の手紙を何通も読んでくれるようなお友達はいません。

でも、そのときの自分にしか書けないものがあるのは確か。すぐに誰かに伝えられないまでも、消えてしまう前に何とか形に残しておきたい。そうすれば、いつか誰かに届くかもしれないし、もしかしたらそれを受け取るのは未来の自分かもしれない。

そんなときに、絵本は最高のツールじゃないかと、あるとき私は気付きました。絵本ですから、絵から描いたって、文章から書いたっていい。なにかの切れ端に描いた落書きから発展し、それが読者の皆さんまで届いたこともたくさんあります。

絵本という手紙は、その受け取り方が自由です。文章だけの手紙はほぼ書いてある通りの受け取り方しかできませんが、絵本の場合は読者が百人いれば百通りの受け取り方がある。また、同じ読み手でも、読む時期によって変わる場合もあるでしょう。

私の絵本を読んだ方が書いてくださった感想を読むと、全く私の意図しない受け取り方をされていて驚くことも、しばしばあります。「まさか、そこに共感してくれる人がいるなんて」「何気なくかいたことだけど、そこを気に入ってくれたんだ」といった感じで。

そんなとき私は、自分の作品の新たな一面を知れた気がして、嬉しくなるのです。作品は、自分の手によって世の中に産み落とされてからは、もう自分だけのものではなくなる。そういうことなんだと思ってます。

是く言う私も、数多くの絵本の愛読者のひとりですから、様々な作品を読んでは、そのときの自分なりの受け取り方をして楽しんできましたし、今でもそうしてます。

作者さんは私という一読者のことは知らないし、不特定多数に向けてかいているわけですが、私は勝手に、その絵本を私個人に向けた手紙だと思って読むのです。すると、作品の世界を楽しんだ上で、「なるほど、この方は私にこういうことを伝えたいのね」と勝手に想像したメッセージを受け取ることができます。

さて、そこで考えていただきたいのですが、そんな作者さんからの手紙を受け取った後はどうすればよいと思いますか？　私は、当然手紙をもらったのですから、お返事を書くべきだと、そう考えています。

返事をすると言っても、実際に手紙を書いて送るというわけではありません。作品を読んで生まれた感動が心に残るうちに、なにかしらのアクションを起こす。それが私の思う、手紙に対する返事です。

例えば、純粋に大切な人を想う登場人物の言動に感動したのだとしたら、身近な人に同じように優しい言葉を投げかけたり、思いやりをちょっとした行動で表したりしてあげたりするだけで良いですよね。

大切なことは、感動が冷めないうちに行動すること。それがすぐにできないことなのだとしたら、「やりたいことリスト」でも作っておいてそこに書き込めばいいと思います。

人は感情で動く生き物ですから、作品を味わった直後の感動は、行動を起こす際のエネルギーになります。ただし、その「目に見えないガソリン」とも言えるものには、放っておくと気化し、消えていってしまうという性質があります（笑）。であるならば、そのときに使うか、大切に保管しておくかしないと、もったいないですよね。

私はそのようにたくさんのメッセージを受け止め、それに応えていくことで、自分の世界をどんどん広げてきました。それはもう、とても楽しくて、大きな快感を伴う体験です。それを繰り返しながら日々を生きていた私は、気付いたら絵本作家として手紙の送り手にもなっていました。

絵本という手紙の受け取り方が自由であるように、手紙の送り方もまた自由です。私は、特に送りたいメッセージを持たずに「こんな風に○○を描いたらおもしろそう」という興味本位だけで作品を作ることもあります。

しかし反対に、心から伝えたい思いやメッセージが心の奥底から沸き上がってくるようなときは、「こんなにストレートに書いちゃって、読む人は引いちゃうかも？」と思うくらいの熱量でかいてます（笑）。

そのときの書き手の感情が、そのまま紙面上に表れてくる。そんなところも、絵本は手紙に似ていると言えるのではないでしょうか。

私は、作り手としても、読み手としても、絵本のそんなところが大好きです。だから私は、心の赴くままにこのツールを使って皆さんへのお手紙を書き続けます。反対に受け取ったときには感情に身を任せて行動することでお返事を書き、自分の世界をさらに広げていきます。

さて長くなってしまいましたが、私の伝えたいことは以上です。

私は私なりにこのような生き方を気に入っていて、色んな人におすすめしたいなーとずっと考えていたので、この機会にしっかりと説明させてもらいました。

皆さんの心になにか変化を起こせていたら、とっても嬉しいです。ではまた、どこかでお会いしましょう。最後までお読みいただき、ありがとうございました。

山手　みゆき

——そのときの感動は、なんというか、言葉にならなかった。

ひとつだけはっきりと言えることがあるとすれば、この文章は今の僕たちに必要なことを教えてくれるものであり、強く背中を押してくれるものであるということだ。

華乃はゆっくりと雑誌を閉じると、それを胸に抱えた。そして、ふうと一呼吸おいてから、顔を上げる。彼女の目は、潤んでいた。しかし、その表情からは先ほどのような不安の色は消え失せ、その対極にあるような感情が表れているようだった。

「私やっぱり、このままの物語でいつか出版したい」

彼女は向き直り、まっすぐな思いをその視線と言葉にのせて僕に届けてくれた。

「うん……うん……」

僕はうれしくて、何度も頷いた。言葉は出てこず、ただそうすることしかできなかった。

＊　＊　＊

あのとき出会った山下さんの文章は、僕が解消してあげたいと切に願った彼女の不安を見事に取り除いてくれた。彼女はそのメッセージを受け取り、それに応えるかのように、ひとつ大きな決心をした。異質に思えるほどに強いメッセージ性を持つ『誰かのための物語』を、そのまま世に送り出すという決心を。

さらに彼女は、それからほどなくして『あとがきも書きたいんだけど、どうかな』と提案してくれた。もちろん僕はそれに同意し、どうすれば僕たちの思いがしっかりと伝わるか、一緒に考えた。

そのとき一番大切にしたのは、誰が読んだとしても、その人が「自分にもできることがあるのかもしれない」と気付いてもらい、勇気を抱いてもらうことができるようにすることだった。
せっかく内容を理解してもらっても、読者が「自分にはできっこない」と思ってしまっては意味がない。そう思ったのだ。
僕たちの絵本が賞を取り、出版されることになったとき、そんな思いで書いたあとがきは、結果として功を奏し、反響を呼ぶことになった。
読者から届いた手紙の中には、「今までは自分のことが嫌いでしょうがなかったけれど、自信をもつことができるようになった」という主旨の内容が多く見られた。
きっとそんな読者は、
僕らのメッセージをしっかりと受け止め、
誰かのためを思い、
自分にできることはなにかを考え、
ちょっぴり勇気を出して小さなことから行動し始めた人たちなのだろう。
――『誰かのための物語』は、そんな人たちが遂げた大きな成長の、小さなきっかけを作るという、「手紙」としての役割を果たすことができた。
作者として、これ以上に嬉しいことは……ない。

あとがき

この度は、数ある作品の中から単行本版『誰かのための物語』をお手に取っていただき、誠にありがとうございます。作家の涼木玄樹です。

こうして形を変え、またこの作品を世に送り出すことができて本当に嬉しいですし、素晴らしい機会をいただけたことに心から感謝しています。

今回、本作に初めて触れる読者の方と、文庫本版をお読みになっている方がいらっしゃいますよね。ですので、単行本版のあとがきではそれぞれの読者の方へのメッセージを綴らせていただきたいと思います。よろしければお付き合いください。


まずは今回、初めて本作を手に取ってくださった読者のあなたへ、心からの感謝を伝えさせていただきます。

私はまだまだ無名ですので、おそらくあなたは、イラストレーターさんが心を込めて描かれた素敵な表紙イラストと、『誰かのための物語』というタイトルに興味と期待感を抱かれたのではないでしょうか。

作者が言うのもなんですが、本作の表紙は「優しい雰囲気レベル」がすごく高いですので（なんだそれ）、それに少しでも魅かれたあなたはきっと、心優しい方なのだと勝手に想像しています。そんなあなたが本作を楽しんでいただけたのなら、また少しでも共感していただけましたのなら、とても嬉しいです。お読みいただきまして、本当にありがとうございました。

次に、すでに本作をお読みになっていて、今回改めて単行本版をお読みいただいた読者のあなたへ心からの感謝と愛情を込めて、メッセージをお伝えさせてください。

文庫本版の発売からちょうど四年間。あなたは、卒業、進学、就職、転勤、結婚など、なにかしらの変化をこの期間で経験したのではないでしょうか。

特に、ここ数年においては、いろいろなことがあったかと思います。中でも、感染症の流行による世の中の変化は今までの価値観がひっくり返るほど大きなもので、この影響を受けなかった人はいないでしょう。

あなたも、思うようにできないもどかしさや、「できること」は減る一方で「やるべきこと」が増える大変さやつらさを味わってきたのではないでしょうか。

しかしあなたはきっと、そんな中でも『誰かを思う気持ち』を原動力にしながら、数々の逆境を乗り越えてきたはず。私は、勝手ながらそう確信しています。だから、差し出がましいですが、私からこの言葉を贈らせてください。

――これまで本当に、よくがんばってこられましたね。

どうしても上からの物言いに思えてしまう言葉なので恐縮ですし、見てもいないのにこんなことを言うのは不思議に思われるでしょうから、この言葉を遣うかどうかは正直迷いましたが、どうしても書かずにはいられませんでした。

なぜなら、本作を再び手に取るということは、この物語がもつ「思い」に少なからず共感していただいているのだと、おこがましくもそう考えられるからです。

あなたに自覚はないかもしれません。しかし、その視点で今一度振り返っていただくと、「実はあのとき、人のためを想ったからこそ頑張れてたのかも」という発見が得られるのではないかと思います。そんな過去を発見したら、ぜひ自分で自分を労《ねぎら》い、褒めてあげてください。あなたには、そんな自分を誇りに思ってほしいと思います。

私はずっと、あなたのような存在を心の中で意識していました。本作を出版してから今に至るまで、「この世界には、見えないけれど今この瞬間にも、誰かのためにと思ってがんばっている人がたくさん存在するんだろうな」と想像し続けていたのです。

そう考えるだけで、不思議と私の心からは勇気と活力が湧いてきました（私はその理由を、「自分も誰かのためを思って行動することで、そんな素晴らしい人たちの仲間入りをしたという誇らしい気持ちになるから」だと考えています)。

こうした考えは、先の見えないこの世の中を、不安に飲み込まれることなく進んでいくための切り札になるのではないでしょうか。

これから先、孤独感や不安感に襲われるようなことがあったとしたら、あなたもこの想像力を働かせてみてください。すると、「実は自分ってひとりじゃないんだ」「自分の進む道はこれでいいんだ」と気付くことができるかと思います。

そう、決してひとりではないのです。これも、あなたに心からお伝えしたかったメッセージ。少なくとも私は、あなたに仲間意識を抱かせていただいてます(笑)。


今回、そんな読者の皆様にこのメッセージをお届けする機会をいただけたことに、心から感謝しています。担当の齊藤様、この上ないチャンスを与えてくださり、また一緒になって本作を生まれ変わらせてくださり、本当にありがとうございました。

最後に改めて、本作を読んでくださった読者の皆様に心からの感謝を申し上げ、あとがきとさせていただきます。本当に本当に、ありがとうございました。

二〇二三年二月　涼木玄樹

この物語はフィクションです。
実在の人物、団体等とは一切関係がありません。
本書は、二〇一九年二月に小社・スターツ出版文庫より
刊行されたものに、一部加筆・修正したものです。

涼木玄樹先生へのファンレターのあて先

〒104-0031　東京都中央区京橋1-3-1　八重洲口大栄ビル7F
スターツ出版(株) 書籍編集部 気付
涼木玄樹先生

誰かのための物語

2023年2月28日　初版第1刷発行

著　者　涼木玄樹　

発行人　菊地修一

発行所　スターツ出版株式会社
〒104-0031
東京都中央区京橋1-3-1　八重洲口大栄ビル7F
出版マーケティンググループ　[TEL] 03-6202-0386
（ご注文等に関するお問い合わせ）
[URL] https://starts-pub.jp/

印刷所　大日本印刷株式会社

編　集　齊藤嵐

ISBN　978-4-8137-9212-3　C0095
Printed in Japan

スターツ出版人気の単行本！

『星空は100年後』

櫻《さくら》いいよ・著

美輝の父親が突然亡くなり、寄り添ってくれた幼馴染の雅人と賢。高１になり雅人に“町田さん”という彼女ができ、三人の関係が変化する。そんなとき、町田さんが突然昏睡状態に。何もできずに苦しむ美輝に「泣いとけ」と賢が寄り添ってくれて…。美輝は笑って泣ける場所を見つけ、一歩踏み出す——。

ISBN978-4-8137-9203-1　定価：1485円（本体1350円＋税10%）

『きみと真夜中をぬけて』

雨《あめ》・著

人間関係が上手くいかず不登校になった蘭は、真夜中の公園に行くのが日課だ。そこで、蘭は同い年の綺に突然声を掛けられる。「話をしに来たんだ。とりあえず、俺と友達になる？」始めは鬱陶しく思っていた蘭だけど、日を重ねるにつれて2人は仲を深めていき——。勇気が貰える青春小説。

ISBN978-4-8137-9197-3　定価：1485円（本体1350円＋税10%）

『降りやまない雪は、君の心に似ている。』

永良《ながら》サチ・著

高校の冬休み、小枝はクールな雰囲気の俚斗と出会う。彼は氷霰症候群という珍しい病を患い、深い孤独を抱えていた。彼と過ごすうちに、小枝はわだかまりのあった家族と向き合う勇気をもらう。けれど、彼の命の期限が迫っていることを知って——。雪のように儚く美しい、奇跡のような恋物語。

ISBN978-4-8137-9189-8　定価：1430円（本体1300円＋税10%）

『満月の夜に君を見つける』

冬野《ふゆの》夜空《よぞら》・著

家族を失い、人と関わらず生きる僕はモノクロの絵ばかりを描く日々。そこへ儚げな雰囲気を纏った少女・月が現れる。次第に惹かれていくが、彼女は“幸せになればなるほど死に近づく”という運命を背負っていた。「君を失いたくない——」満月の夜の切なすぎるラストに、心打たれる感動作！

ISBN978-4-8137-9190-4　定価：1540円（本体1400円＋税10%）

書店店頭にご希望の本がない場合は、書店にてご注文いただけます。

スターツ出版人気の単行本！

『アオハルリセット』

丸《まる》井《い》とまと・著

人に嫌われることが怖い菜奈。高校生になって、他人の“嘘”や“怒り”が見える「光感覚症」になってしまう。まわりが嘘ばかりだと苦しむ菜奈だけど、“嘘”が見えない伊原くんの存在に救われる。でも彼と親しくなるにつれ、女友達との関係も悪化して…。十代の悩みに共感！　感動の恋愛小説。

ISBN978-4-8137-9180-5　　定価：1430円（本体1300円+税10%）

『僕は何度でも、きみに初めての恋をする。』

沖《おき》田《た》円《えん》・著

両親の不仲に悩む高1女子のセイは、公園でカメラを構えた少年ハナに写真を撮られる。優しく不思議な雰囲気のハナに惹かれ、セイは毎日のように会いに行くが、実は彼の記憶が一日しかもたないことを知る――。“今”をめいいっぱい生きるハナと関わるうちに、セイの世界は変わっていく。

ISBN978-4-8137-9181-2　　定価：1430円（本体1300円+税10%）

『生まれ変わっても、君でいて。』

春《はる》田《た》モカ・著

余命1年を宣言された、高校生の粋。ひょんなことから、大人びた雰囲気の同級生・八雲に、余命1年だと話してしまう。すると彼は「前世の記憶が全部残っている」と言い出した。不思議に思いながらも、粋は彼にある頼みごとをする。やがてふたりは惹かれあうけれど、命の期限はせまっていて…。

ISBN978-4-8137-9166-9　　定価：1430円（本体1300円+税10%）

『さよならレター　余命365日の君へ』

皐月《さつき》コハル・著

ある日、高2のソウのゲタ箱に一通の手紙が入っていた。差出人は学校イチ可愛い同級生のルウコ。それからふたりの秘密の文通が始まるが、実は彼女が難病で余命わずかだと知ってしまう。「もしも私が死んだら、ある約束を果たして欲しい」――その約束には彼女が手紙を書いた本当の理由が隠されていた。

ISBN978-4-8137-9173-7　　定価：1430円（本体1300円+税10%）

書店店頭にご希望の本がない場合は、書店にてご注文いただけます。

スターツ出版人気の単行本！

『きみは溶けて、ここにいて』

灯《ともり》えま・著

友達のいない文子はある日、クラスの人気者の森田君から「もうひとりの俺と、仲良くなってほしいんだ」と言われる。とまどいながらも、森田君の中にいる“はる”と文通をすることに。優しくてもろい“はる”に惹かれていく文子だけれど、もうすぐ彼が消えてしまうと知って…。奇跡の結末に感動！

ISBN978-4-8137-9157-7　定価：1430円（本体1300円＋税10％）

『70年分の夏を君に捧ぐ』

櫻井《さくらい》千《ち》姫《ひめ》・著

2015年、夏。東京に住む高2の百合香は、不思議な体験をする。ある日、目覚めるとそこは1945年。百合香は、なぜか終戦直後の広島に住む少女・千寿の身体と入れ替わってしまい…。一方、千寿も70年後の現代日本に戸惑うばかり。以来毎晩入れ替わるふたりに、やがて、運命の「あの日」が訪れる──。

ISBN978-4-8137-9160-7　定価：1430円（本体1300円＋税10％）

『青の先で、きみを待つ。』

永良《ながら》サチ・著

順調な高校生活を送るあかりはある日、同級生・翔也から「俺たち、死んだんだよ」と告げられる。徐々にあかりは、今いるのが“自分にとっての理想の世界”で、現実では自分が孤立していたことを思い出す。翔也に背中を押され、現実世界に戻ることを選んだあかりは…？　悩んでもがいた先にみえる光に圧倒的感動！

ISBN978-4-8137-9152-2　定価：1430円（本体1300円＋税10％）

『それから、君にサヨナラを告げるだろう』

春田《はるた》モカ・著

クラスで浮いている冬香にとって、ハルは大切な幼なじみ。ある日「俺、冬香の心が読めるんだ」と告げられる。怖くなった冬香はハルの手を振り払い──ハルは姿を消してしまう。数年後、再会した彼は昔とかわらず優しいままで…けれど次々と明かされていく、切ない過去。運命を乗り越える二人の絆に感動の物語。

ISBN978-4-8137-9145-4　定価：1430円（本体1300円＋税10％）

書店店頭にご希望の本がない場合は、書店にてご注文いただけます。

スターツ出版人気の単行本！

『この恋が運命じゃなくても、きみじゃなきゃダメだった。』

小桜菜々《こざくらなな》・著

人見知りな普通の女の子・チナは、ひとつ年上の彼氏・悠聖と幸せな高校生活を送っていた。ある日、悠聖から突然別れを告げられてしまう。「好きなのに、どうして別れなきゃいけないの？」たくさん笑って、泣いて…そして見つけた答えとは？　恋する人すべてが共感する、10年間の恋の物語。

ISBN978-4-8137-9140-9　　定価：1430円（本体1300円+税10％）

『夜を裂いて、ひとりぼっちの君を見つける。』

ユニモン・著

引きこもりの兄と、過度な期待を押し付けてくる親を持つ高1の雨月。ある夜、陸橋から落下しそうになり、男子高生・冬夜に助けられる。その日を境に、ふたりは会うように。友情でもなく恋でもない関係のはずだった。だけど運命が大きく動き——死にたがりのふたりの、淡く切ない恋物語。

ISBN978-4-8137-9131-7　　定価：1430円（本体1300円+税10％）

『すべての恋が終わるとしても　140字の恋の話』

冬野夜空《ふゆのよぞら》・著

すべての恋が終わるとしても、幸せだったあの瞬間だけは、きっと永遠だ——。恋の始まりと終わりを140字で描く、切ない恋愛超短編。共感&感動の声、続々！『過去の恋を思い出して泣いてしまった。（かまぼこさん）』『切なくて、眩しくて、また恋がしたくなる。（すなぎもさん）』TikTokクリエイターけんご小説紹介との特別対談収録！

ISBN978-4-8137-9135-5　　定価：1375円（本体1250円+税10％）

『世界が私を消していく』

丸井《まるい》とまと・著

身に覚えのない“裏アカウント”が流出し、追い詰められていく高1の紗弥。偶然手にした不思議なレインドームに“みんなが自分を忘れるように”と願うと、世界は一変。学校中は忘れ去られた存在となってしまう。唯一、救いの手を差し伸べてくれたのは、密かに思いを寄せていた時枝だった。

ISBN978-4-8137-9126-3　　定価：1430円（本体1300円+税10％）

書店店頭にご希望の本がない場合は、書店にてご注文いただけます。

スターツ出版人気の単行本！

『365日間、あふれるほどの「好き」を教えてくれたのはきみだった』

永良《ながら》サチ・著

優等生の美波はある日、優しくできずにいた義姉・海月を亡くしてしまう。自分に失望し、高校最後の１年間、すべてに対し無気力になった美波。そんな彼女を救ってくれたのは、ひときわ目立つ後輩・三鶴だった。彼の隣ですごす時間に美波の心は少しずつとかされていき…。感動の青春恋愛小説。

ISBN978-4-8137-9118-8　定価：1320円（本体1200円+税10%）

『いつか、きみの涙は光となる』

春田《はるた》モカ・著

高校生の詩春には、人が泣いた回数がわかるという不思議な力がある。悲しい出来事をきっかけに得た能力の代わりに、涙を流せなくなっていた。辛い過去を振り切るため、「優しい子」でいようとするが、無愛想な同級生・吉木だけが、厳しい言葉をぶつけてきて…。切ない運命に、涙が止まらない！

ISBN978-4-8137-9112-6　定価：1430円（本体1300円+税10%）

『季節を何周も巡ると思っていた。』

小桜菜々《こざくらなな》・著

授業はリモートでバイトも減り、思うように人と会えない日々を送る大学生の乃々華は、マッチングアプリで年上で社会人の拓海と出会う。メッセージをやり取りするうちに、会ってみたいと思うように。恋の経験がなかった乃々華だけど、小説や映画の趣味も同じで優しい拓海にしだいに惹かれはじめ…。

ISBN978-4-8137-9106-5　定価：1540円（本体1400円+税10%）

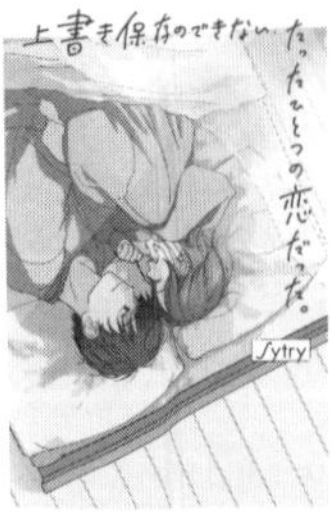

『上書き保存のできない、たったひとつの恋だった。』

Sytry《シトリー》・著

“恋愛はコスパが悪い”。本気で人を好きになったことのない蒼だったが、嘘みたいに共通点の多い後輩・遙と惹かれ合う仲になる。恋人同士のような関係にのめりこんでいくが、ふたりの関係にはある秘密があって…。運命的に出会った蒼と遙の、唯一無二の一年間。切なくて愛おしい恋愛物語。

ISBN978-4-8137-9102-7　定価：1540円（本体1400円+税10%）

書店店頭にご希望の本がない場合は、書店にてご注文いただけます。